기러기

NEW AND SELECTED POEMS 1

기러기

메리 올리버 시선집

메리 올리버
민승남 옮김

마음산책

기러기

1판 1쇄 발행 2021년 11월 30일
1판 5쇄 발행 2024년 7월 10일

지은이 | 메리 올리버
옮긴이 | 민승남
펴낸이 | 정은숙
펴낸곳 | 마음산책

등록 | 2000년 7월 28일(제2000-000237호)
주소 | (우 04043) 서울시 마포구 잔다리로3안길 20
전화 | 대표 362-1452 편집 362-1451 팩스 | 362-1455
홈페이지 | www.maumsan.com
블로그 | blog.naver.com/maumsanchaek
트위터 | twitter.com/maumsanchaek
페이스북 | facebook.com/maumsan
인스타그램 | instagram.com/maumsanchaek
전자우편 | maum@maumsan.com

ISBN 978-89-6090-703-4 03840

이 세상에서 살아가려면
세 가지를
할 수 있어야만 하지.
유한한 생명을 사랑하기,
자신의 삶이 그것에 달려 있음을
알고 그걸 끌어안기,
그리고 놓아줄 때가 되면
놓아주기.

몰리 멀론 쿡을 위하여

일러두기

1   이 책은 『New and Selected Poems 1』(Beacon Press, 2005)을 우리말로 옮긴 것이다.
2   각주는 모두 옮긴이 주이다.
3   표지와 본문 사진은 원서에는 수록되지 않은 것으로, 사진가 이한구의 작품이다.
4   외국 인명과 지명, 작품명 및 독음은 외래어표기법을 따르되, 관용적인 표기와 동
     떨어진 경우 절충하여 실용적 표기를 따랐다.
5   작품명은 원어 제목을 독음대로 적거나 필요한 경우 우리말로 번역해 적었다.
6   원서에서 이탤릭체로 강조한 글씨는 고딕체로 표기했다.
7   매체명은 〈 〉로, 편명은 「 」로, 책 제목은 『 』로 표기했다.

차례

3

8

질문은 오직 하나뿐,

어떻게 이 세상을 사랑할 것인가.

이게 세상이야.
난 이 안에 없어.
세상은 아름다워.

비

1.

오후내 비 내리더니,
구름 속
노란 빛줄기 타고 내려온 놀라운 힘,
신의 권능이 그런 것이겠지.
그 힘이 나무에 닿자, 나무의 몸
영원히 열렸지.

2. 늪

어젯밤, 빗속에서, 몇 사람이
　　수용소 철조망을 넘었어.
어둠 속에서 그들은 철조망을 넘을 수 있을까 궁리하다가,
　　일단
시도해봐야겠다고 생각한 거지.
　　어둠 속에서 그들은 철조망을, 한 줌 한 줌 잡으며

기어올랐어.

　어둠 속이었지만 그들 대부분이 들켜서

도로 잡혀 들어갔지.

　하지만 몇 명은 아직 철조망을 기어오르거나 울타리 너머

푸른 늪을 건너고 있어.

철조망을 빵 덩어리나 신발처럼 잡는다면

　어떤 느낌이 들까?

철조망을 접시와 포크, 혹은 꽃다발처럼 잡는다면

　어떤 느낌이 들까?

철조망을 문손잡이, 서류,

　당신 몸에 덮고 싶은 깨끗한 시트처럼 잡는다면

　어떤 느낌이 들까?

3.

또는 이 이야기. 비 오는 날, 삼촌이

화단에 누워 있었어,

망가진 싸늘한 몸,

시동 켜진 차에서 끌어냈지,

배기관을 틀어막은 넝마, 반짝이는 호스.

아버지가 소리쳤고,

그다음엔 구급차가 왔고,

그다음엔 우리 모두 죽음을 보았고,

그다음엔 구급차가 삼촌을 실어 갔지.

나는 집 현관에서

다시 돌아보았어,

뒤에 남은 아버지를,

아직도 꽃 속에 서 있는,

미동조차 없는 진흙투성이 남자,

빗속의 작은 형상.

4. 이른 아침, 내 생일

분홍 썰매 탄 달팽이들

　　나팔꽃들 사이로 기어가네.

거미가 빨강 엄지손가락 같은

　　산딸기들 사이에서 자고 있네.

나 어쩌지, 나 어쩌면 좋지?

느린 비.

빗속의 활기 넘치는 작은 새들.

딱정벌레들까지도 활기가 넘쳐.
초록 잎사귀들은 빗물을 받아 마시네.
나 어쩌지, 나 어쩌면 좋지?

말벌이 종이의 성 현관에 앉아 있네.
왜가리는 구름을 헤치고 날아가네.
물고기, 온통 무지개와 입만 보이는 물고기가 검은 물에서
뛰어오르네.

오늘 아침 수련은 모네의 수련 못지않게
　아름다워 보여.
그리고 난 더 이상 쓸모 있는 존재,
온순한 존재가 되고 싶지 않아,
들판의 아이들을 문명의 교과서로 인도하고
그들이 풀보다 낫다고(못하다고) 가르치고 싶지 않아.

5. 바닷가에서

나 이 음악 전에 들었는데,
몸이 말했어.

6. 텃밭

케일의
주름진 소매,
피망의
빈 종,
래커 칠한 양파.

비트, 보리지, 토마토,
풋강낭콩.

나는 집에 들어와서 조리대에
전부 올려놨지. 골파, 파슬리, 딜,
흐릿한 달 같은 호박,
비단신 신은 콩, 비에 흠뻑 젖은
눈부신 옥수수.

7. 숲

밤에
나무들 아래서

검정뱀이

혈근초 줄기,

노란 잎사귀,

울퉁불퉁한 나무껍질에

마구

몸을 문질러

묵은 삶

벗어던지고

젤리처럼 빠져나오네.

뱀은

무슨 일이 일어나고 있는지

알고 있을까?

뱀은

그게 효과가 있을지

알고 있을까?

멀리서

달과 별들이

작은 빛을 보내고 있네.

멀리서

올빼미가 울부짖네.

멀리서

올빼미가 울부짖네.

뱀은 알지,

여기가 올빼미들의 숲이라는 걸,

여기가 죽음의 숲이라는 걸,

여기가 고난의 숲이라는 걸,

여기서 넌 기어가고 또 기어가지,

넌 나무껍질 속에서 살지,

넌 거친 나뭇가지 위에 눕고

나뭇가지는 너의 무게를 견디지 못하지,

여기선 생명이 목적도 없고

교양도, 지성도 없지.

생명이 목적도 없고

교양도, 지성도 없는 곳에서,

비가

내리기 시작하네,

꽃들의

체취 같은 냄새가

나기 시작하네.

목덜미에서

묵은 껍질이 갈라지네.

뱀은 몸서리치지만

주저하진 않네.
앞으로 조금씩 나아가네.
물에 담근 새틴 옷에서 색이 빠지듯
허물이 벗겨지네.

푸른부전나비

봄이면 푸른부전나비들
얕은 웅덩이 가장자리에서 머리 숙여
검은 빗물 마시지.
물 마시고 날아올라 들판으로 나풀나풀 날아가지.

가끔 내 삶의 큰 뼈들 무게가 버겁고,
내 몸이 아는 모든 요령들―
다른 손가락들과 마주 보는 엄지, 무릎뼈,
그리고 마음의 깨달음―

이 세상을 헤쳐가기에 충분치 않은 듯하면
이런 생각을 하지, 나에게

날개가 있다면―
푸른 날개―
불꽃 모양 날개가 있다면 얼마나 좋을까.

날개를 펼치고, 검은 빗물에서

날아오를 수 있다면 얼마나 좋을까.

그러면 블레이크가 생각나, 먼지와 땀에 찌든 런던—
한 소년이 창밖을 바라보고 있는데, 신이
날개를 퍼덕이며 다가왔지.

물론, 소년은 비명을 질렀지,
창턱에 기댄 신의
실감개 같은 푸른 몸과
천 개의 면을 지닌 눈을 보면서.

그래, 누가 알겠어.
소년과 어둠 사이의 창문에
무엇이 펄럭거리고 있었는지 누가 알겠어.

아무튼, 양품점 아들 블레이크는 일어나서
검댕이 묻은 창턱과 검은 도시를 외면했지—
공장들, 삶의 분투에서
영원히 눈을 돌려

상상력의 삶을 향했지.

죽음이 찾아오면

죽음이
가을의 허기진 곰처럼 찾아오면,
죽음이 찾아와 그의 지갑에 든 반짝이는 동전을 모두 꺼내

나를 사고, 지갑을 닫아버리면,
죽음이
호환마마처럼 찾아오면,

죽음이
양 어깨뼈 사이의 빙산처럼 찾아오면,

나는 호기심 가득 안고 그 문으로 들어서고 싶어,
저 어둠의 오두막은 어떤 곳일까? 하면서.

그리하여 나 모든 것들을
형제자매로 바라보지,
시간을 한낱 관념으로만 보고,
영원을 또 다른 가능성으로 여기지,

그리고 각각의 삶은 한 송이 꽃, 들판의
데이지처럼 흔하면서도 유일한,

그리고 각각의 이름은 입안의 편안한 음악,
모든 음악이 그러하듯, 침묵으로 이어지는,

그리고 각각의 몸은 용감한 사자, 그리고
땅에게 소중한 것.

삶이 끝날 때 나는 말하고 싶어, 평생
나는 경이와 결혼한 신부였노라고.
세상을 품에 안은 신랑이었노라고.

삶이 끝날 때, 나는
특별하고 참된 삶을 살았는지에 대해 의심하고 싶지 않아.
한숨짓거나 겁에 질리거나 따져대는
나를 발견하고 싶지 않아.

그저 이 세상에 다녀간 것으로 끝내고 싶지 않아.

블루베리를 따다가,
뉴욕 오스터리츠, 1957년

어느 여름,
　블루베리밭에서,
　　잠이 들었다가, 사슴 한 마리가
　　　내게 부딪히는 바람에 잠이 깼어.

아마도
　사슴은 행복에 도취되어
　　조심성을 잃고서
　　　이리저리 돌아다니다가

바람 소리
　들으며 몸을 기울여
　　그 달콤함에 입술을 갖다 댄 모양이야.
　　　그래서, 우리 거기 있었지

우리 사이엔 그저
　잎사귀 몇 장뿐, 그리고
　　큰 소리로 지시하는

바람의 그럴듯한 목소리.

사슴은
　이윽고 뒤로 물러서며
　　흰 꼬리를 들고
　　　나무들 쪽으로 사뿐히 걸어갔어—

하지만 사슴이 떠나기 전의 순간은
　몹시도 넓고 몹시도 깊어
　　오늘까지도 남아 있지,
　　　사슴의 꽃다운 경이

숨 막히는 호기심
　달아나기 전에 보여준
　　촉촉한 감촉의 세심함,
　　　그 사슴 생각만 하면

나 이 세상에서 다시 존재를 쉬고
　다른 세상에서 살 수 있지,
　　삼십 년 동안,
　　　졸음이 가시지 않은 어리둥절한 상태로,

거친 잡초들 사이에서 일어나
귀 기울이며 바라보지.
아름다운 소녀,
너 어디 있니?

개의 무덤

그 개는 초록 늪지에서 탁한 물방울 뚝뚝 떨구며 돌아오곤
했지.
내 발밑에 엎드려, 검은 살가죽 말아 올려
잇몸 드러내며, 섬뜩하고도 경이로운 웃음 지었지—
그러면 난 두 손으로 개의 쫑긋한 귀
　　정교한 팔꿈치를 쓰다듬고
몸통을 끌어안으며, 소박하면서도 완벽한 아치를 이룬 목선에
　　감탄했지.

↙

개를 숲으로 옮기는 데 우리 네 사람이 동원되었어.
우리는 음악 생각은 안 했지만,
어쨌거나, 비가 내리기 시작했지,
부슬부슬.

↙

그 개의 늑대 같던, 초대하는 듯 어정쩡하던 덤벼듦.

무언가를 추적하고 나서 보이던 위풍당당한 만족감.

살짝 이끼 낀 거친 혀로
내 얼굴을 때리며
리기다소나무를 헤치고 나아가던 그 개가 흩뿌리는 행복감에
나도 위풍당당한 만족감.

❧

벌새는 그 진홍색 목을 스스로 창조했다고 생각할까?
그 정도로 어리석진 않겠지.

개는 십오 년을 살아, 당신이 운이 좋다면.

높은 구름 속에서 우는 왜가리들은
그게 자신들만의 음악이라고 생각할까?

개는 당신에게 와서 당신 집에서 당신과 함께 살지만
그렇다고 당신이 개를 소유하는 건 아니야, 당신이
비나 나무, 그것들과 관련된 법칙들을 소유하는 게 아니듯.

가을에 언덕 비탈을 어슬렁거리는 곰은
긴 잠이 피난처가 되고 원기를 되살려주는 게
저 혼자만의 상상이라고 생각할까?

개는 세상의 냄새들을 통해 알아낸 걸
당신에게 말해줄 수 없지만, 당신은, 개를 지켜보며,
자신이 거의 아무것도 모른다는 걸 알게 되지.

다이아몬드 등뼈를 가진 물뱀은
연못 둑의 검은 굴이
저 혼자 만든 궁전이라고 생각할까?

❧

그 개는 앞장서서 들판을 헤매어 다니다가도, 내게로
돌아오거나, 나를 기다려주거나, 어딘가에 있곤 했지.

이제 그 개는 소나무 아래 묻혀 있어.

난 그것에 대해 따지지 않을 거고, 겸허함을 달라는
기도 말고는 어떤 기도도 하지 않을 거고, 화내지도 않을 거야.

나무들 사이로 수런거리는 바람 소리가 들려.

솔잎 냄새, 그건 분명코
에너지의 맛이 아니겠어?

그 개의 검은 몸은 얼마나 튼튼했는지!
무덤 자리는 얼마나 잘 잡았는지.

흔들림 없는 잠은 얼마나 아름다운지.

마침내,
산더미 같은 사랑의 파도가
우리에게로 부서져 내리네.

골든로드*

길가에,
  가을 들판에,
    둥실둥실 무리 이룬,
      사프란색, 오렌지색, 연한 금색,

곤죽처럼 부드러운,
  작은 탑들,
    씨앗 품은 재채기 유발자들,
      벌들과 노란 구슬들과 완벽한 낱꽃들과

오렌지색 나비들 한가득.
  꿀을 찾는 게 아니라면
    그리고 마음의 힘을 주는
      저 완전한 광휘가 아니라면

큰 주목을 받진 못하겠지.
  저 무언의 눈부신 빛으로
    흔들리는 틈들을 채우지 않는다면

아무도 사랑해주지 않겠지.

나로 말할 것 같으면,
　무심코 지나가는데, 갑자기 바람이 불어오면서
　　꽃들이 살랑거리고,
　　　저 반짝이는 아수라장이

내게 몸을 기댄 거지.
　난 그저 내 일에만 신경 쓰고 있었는데
　　그 유자색 버터색
　　　안식처에 있는 나를 보자

행복해졌지, 왜 안 그랬겠어?
　우리의 삶이라는 힘든 노동은
　　어두운 시간들로 가득하지 않아?
　　　지금까지 의식이 닿은 곳들 중에서

빛으로 가득 찬 이 몸들보다 나은 곳이 있을까?
　온종일
　　경쾌한 등뼈로
　　　바람에 흔들리며

구부리는 것이 자연스럽고 신성한 일인 양 구부리고,

　단호한 부드러움으로,

　　금을 내어주는 순수한 평화로움으로

　　　일어서지.

* Goldenrod, '황금 채찍' 모양의 꽃이 피는 야생화.

폭포
(메이 스웬슨[*]을 위하여)

사람들이 하는 말 들어도,
　　나 직접 와서 물 떨어지는 모습 보기 전에는
　　　　폭포를 볼 수 없었지,
　　　　　　쏟아져 내리는 그 레이스 다리들과 여성스런 팔들,

한편 무언가 천둥처럼 울부짖었지,
　　암벽 너머로,
　　　　밤낮없이—
　　　　　　그 풀림,

눈^雪으로 만들어진 리본이나
　　신의 흰 머리칼 같았지.
　　　　어느 거리에서 보아도
　　　　　　중단이나 쉼 없이, 천천히 떨어졌지,

그 압도적인 힘—
　　꽃들의 낙하—진정으로
　　　　공기가 보인 뜻밖의 친절에 놀라고

43

마침내 날게 되어

기분이 들뜬 듯했지.
　중력이야 모두가
　　아는 사실.
　　　중력은 늘 발아래 있지,

자갈 깔리고 이끼 낀
　모든 폭포 밑 물웅덩이의
　　부름처럼—
　　　그리고 상상력은—

그 분투자,
　그 제3의 눈은—
　　많은 걸 할 수 있지만
　　　모든 걸 할 순 없지. 저 소용돌이치며

떨어지는 물의 흰 날개들
　내가 결코 상상할 수 없었던 것.
　　그리고 아마도,
　　　결국,

그 낙하 후 깊고 잔잔한 초록 웅덩이엔

　마침내

　　느슨하고 완벽한 균형을 이룬

　　　맹목적이고 거친 평화가 있겠지?

* May Swenson(1919~1989), 미국의 시인이자 희곡작가.

작약

오늘 아침 작약의 초록 주먹들이
　내 가슴 때릴 준비를 하고 있어,
　　해가 떠오르면서
　　　해가 그 오래된, 그 버터 같은 손가락들로 어루만지면

그 주먹들 열리지—
　하양과 분홍
　　레이스 뭉치들—
　　　그리고 온종일 검은 개미들이 그 위로 기어올라,

달콤한 수액을 갈망하며
　동그란 꽃봉오리에
　　작고 신비한 구멍을 내지,
　　　그 수액을

그들의 어두운 지하 도시로 가져가지—
　그리고 온종일 꽃들은
　　종작없는 바람 아래

성대한 결혼식에서 춤추듯

빛나는 몸 구부리며
　공중에 향기를 퍼뜨리고,
　　그 모든 수분과 무모함 지탱하는
　　　붉은 꽃자루들

기꺼이, 가볍게
　일어나지,
　　그리고 또다시—
　　　용감하고 모범적인 아름다움

눈부시게 열리지.
　그대는 이 세상을 사랑하는가?
　　그대의 소박하고 비단결 같은 삶을 소중히 여기는가?
　　　공포를 딛고 선 초록 풀을 숭배하는가?

그대도 옷을 입다 말고 맨발로 서둘러 정원으로 들어가
　꽃들의 사랑스러움에 탄성 올리며
　　하양과 분홍 꽃들
　　　소중히 품에 가득 안는가?

꿀로 무거운 몸, 그 싱싱한 떨림,

영원히 무로 돌아가기 전

격렬하고 완벽한 순간을 누리려는

그 열의.

오늘 아침 또다시 소나무 숲에서

수줍어서가 아니라 혐오스러워서
그 올빼미
나를 외면하고 공중으로 몸을 던져
황급히 날아가지,

시야에서 사라질 때까지—
마침내,
우리가 기적적으로
우리 둘 다 아는 언어를 발견한다 한들,

오렌지빛 이른 아침
올빼미의 휴식 시간에,
나 올빼미에게 무슨 용기, 무슨 가치 있는
말을 할 수 있을까?—

훈계도 안 되고 질책도 안 되지,
비난도 안 되고,
그리고, 아이고, 꼴사나운 울음도 안 되지,

그리고, 제발, 무릎을 꿇어서도 안 돼,

차갑고 거친 풀밭에서
올빼미의 황금빛 멀건 눈 아래,
올빼미는 대화를 나눌 때
당신을 그런 눈으로 보겠지.

그래서. 난 그 장면을
더 낫게 만들 수는 없지,
내게 온 기회
그리고 나의 돌 같은 침묵.

죽음이,
나무껍질 색깔을 한 신의 엄지손가락이,
날아올라,
날갯죽지를 펼치고

허기진 갈고리 모양 머리를
내게 향했다가 돌리고,
부드럽게,
램프 눈을 하고

굽이치는 완벽한 도구 되어

바람을 가르며

칼처럼

활공하지.

마렝고 늪

구정물에서 금잔화 피어나네.
모기떼 모슬린 천같이 덮인 늪가에서
구름옷 걸친 백로 날아오르네.
안개 같은, 운모 같은 보슬비 사이로
시든 이끼 벌판 되살아나네.

나는 죽는다면, 비 오는 날
죽고 싶어—
긴 비, 느린 비, 영원히 그칠 것 같지 않은 비.

그리고 하늘이 비를 삽으로 퍼내고 퍼내는 동안 열 수 있는
작은 의식을 치르고 싶어,

그리고 그 의식에 오는 사람은 커다란 늪 가장자리를 돌듯
천천히, 생각에 잠겨서 여행하겠지.

앨라배마 린든 근처 들판

여러 시간
멀리서 떠돌던 그들—
이윽고
오래된 태양의 신전
검은 지붕널처럼 하강하면
나는 알게 되지, 이 세상 어딘가에서
무시무시한 청소가
시작되었구나.
언젠가, 들판 너머로,
십여 마리가 나무에 앉아 있는 걸 보았지.
나는 차를 세우고 그들에게 걸어갔어,
가죽 날개를 단
거대하고 교활한 새들,
그들 아래, 풀밭에 있는 것은
분명 죽어 있었지.
예수의 동굴 이야기*는
좋은 것이지,
하지만 어찌 그런 일이 그렇게

전광석화처럼

초록의 바다가 만물에 하는 방식처럼—

빠르게,

그리고 그토록 우아하게 이루어질 수 있을까?

그 새들, 어설프고 느리게

펄럭이며 내려가, 웅크려 앉아—

고개 숙여

수저처럼 매끄러운 부리

열성적으로 놀렸지,

다시 공중으로 올라가

퍼덕거리며 날아가기도 힘들 정도로

배가 불룩해질 때까지.

일 년 후

그 들판을 다시 지나다 보니, 바로 그 장소에

깨끗한 풀이 무성하게 자라,

바다처럼 빛나고 있어.

---

* 동굴 무덤에 묻힌 예수의 시신이 감쪽같이 사라진 이야기.

북양가마우지

나 지금 흰 북양가마우지들이 눈부시게 빛나며
물속으로 뛰어드는 광경을 지켜보고 있어,
무딘 창의 힘
기막힌 정확성—
안개 낀 잿빛 바다
분노로 들끓고
물고기 한 마리
보이지 않는데도,
북양가마우지들은 물에 첨벙 뛰어들지,
흰 장갑처럼,
그다음엔 사라졌다가
그다음엔 파도의 절벽에서
다시 기어 나오지
흰 꽃처럼—
그래도 여전히 내 생각엔
이 세상에 긍정적인 힘으로
움직이지 않는 건 없어—
심지어 물고기도, 지느러미를 움직여 물살 속으로 들어가건

아니면 붉은 지갑 같은 부리에서
스러지건,
자신의 배를 채울 것을
찾아다니다 중단이 된 거지—
내가 하려는 말은,
삶은 진짜라는 것,
고통도 진짜라는 것,
하지만 죽음은 가짜,
내가 전생에 나였던 것이 될 수만 있다면,
늑대나 곰으로
추운 바닷가에 서서
여전히 지켜보겠지—
물고기가, 이번엔, 죽음을 피하는지,
아니면, 한순간,
검은 불 속으로 미끄러져 떨어졌다가
북양가마우지 날개와 분리될 수 없는 것이 되어
물에서 솟아오르는지.

쇠고둥

여기 완벽한

부채꼴 이룬 가리비,

대합, 수초투성이 홍합

오렌지색 속살 간직하고 있지—

여기 쇠고둥—

소용돌이 모양,

주먹 크기,

언제나 갈라지고 깨져 있지—

푸른 하늘빛 물결 아래

오랫동안

여행했을 거야.

나 평생

좀이 쑤셨지—

반들반들한 윤기보다

무결함보다

집에 머무는 것보다

더 경이로운 무언가가 있을 것만 같아서.

그게 무언지 알지도 못하면서.

나 매일 아침 넓은 바닷가에서
반짝이는 완벽한 것들 지나치며
쇠고둥을 찾게 되지, 오랜 세월
세상에 닳고 닳아
깨지고 부스러진—
이제 거의 사라진 상태에서,
되살릴 수 없는 힘
다른 모든 것들에게
마지막으로 내어주는.
쇠고둥을 발견하면
손에 쥐고
그 꺼져가는 불 바라보다가
눈을 감지. 자주는 아니지만,
이따금 내 심장의 외침이
들릴 때가 있지.
그래, 나 기꺼이
저 거친 어둠,
저 길고 푸른빛의 몸체 될 거야.

악어 시

나 물가에
무릎 꿇고 앉았지,
나무 꼭대기에 선 흰 새들
경고의 휘파람 불었다 한들
난 영문을 몰랐을 거야.
물을 마시고 있는데 녀석이
요란한 소리를 내며 다가왔지,
꼬리를
칼 다발처럼 휘둘러
풀을 난도질하며,
요람 모양 아가리를
쩍 벌리고서,
이빨로 테를 두른 그 아가리—
그렇게 난
아름다운 플로리다에서
어리석음으로 인해 죽을 뻔했지.
하지만 죽지 않았어.
나는 옆으로 펄쩍 뛰어올랐다가 쓰러졌고,

녀석은 앞길에 놓인 모든 걸 짓밟으며 나를 지나쳐가
물을 향해 휩쓸고 내려가서
물에 몸을 던졌지,
결국
이건 어리석음에 대한 시가 아니라
내가 땅에서 일어나
세상을, 마치 다시금 보듯,
그 참모습을 본 것에 대한 시지.
물은, 그 산산이 부서진 동그란 유리는
느린 속살거림으로 스스로 치유하더니
연마한 강철처럼 후광을 안고
도로 잔잔해졌지,
쉼 없는 폭포를 이룬 나뭇가지에서 새들은
눈처럼 새하얀 날개 펼쳐 날아가고,
한편 나는 기념품 삼을 겸, 몸도 가눌 겸,
손을 뻗어
주위 풀밭에 핀 들꽃을 꺾었지—
초록의 긴 줄기 위
푸른 별
핏빛 나팔—
몇 시간이고 그 꽃들 나의 떨리는 손에서
불처럼 빛났지.

매

오늘 아침
　매가
　　새싹 돋은 초원에서
　　　날아올라

호수 위를 빙글 돌아—
　죽은 소나무가 이룬
　　검은색 작은 돔 위에
　　자리 잡았어,

제독과도 같은 기민함,
　연기 색깔 구레나룻이
　　두드러진
　　　옆얼굴,

나는 말했지. 기억해줘,
　이건 시뻘건 불꽃에 대한
　　이야기가 아니야, 이건

하늘의 한 줌

죽음과 파괴에 대한 이야기지,
　매는
　　정교한 한쪽 발로
　　　마지막 남은 가지를 감아쥐고

물가를 따라 늘어선
　노란 갈대밭을
　　더 깊이 들여다보았고,
　　　나는 말했지. 기억해둬,

나무, 동굴,
　부활의 흰 수련을,
　　그리고 바로 그때 매가
　　　황금빛 발을 들고 바람 속으로

배 먼저 떠올라
　호수를 따라 유유히 날았어—
　　줄곧 매의 눈은
　　　노란 갈대밭 속

사소한 바스락거림에

　사랑보다 단단하게 고정되어 있었지—그러다

　　고공에서 웅크리는 듯하더니

　　　흰 칼날로 둔갑하여, 떨어졌어.

황금방울새

우리가 그들에게 갖게 한
들판에서
우리가 아직 원하지 않는
들판에서

봄의 습지에서
엉겅퀴 자라나 활짝 피고—
꽃봉오리마다
풍요의 터전—

불그스레한 불의 동전—
방울새는
한여름을 기다리지,
긴 낮들과

땡볕 더위,
단단해져가는 엉겅퀴에서
생쥐 이빨처럼 눈부신,

그러나 검은 씨앗이 생겨

모든 꽃의 얼굴을 채우기를.
그때가 되면 방울새들 하늘에서 떨어지지.
버터의 황금색,
방울새들 엉겅퀴에 앉아 그네 타며

은빛 솜털 모아
부리에 물고
들판 가장자리의
나무들로 옮기지,

마치 하나의 완벽한 관념의 꽃으로
마음이 불타오르듯—
그리고 나무에 둥지를 짓고서
연푸른색 알을 낳지,

해마다,
그리고 해마다
흔들리는 나뭇가지에서,
은빛 바구니에서 새끼들이 깨어나

세상과 사랑에 빠지지.

더 이야기할 필요가 있을까?

마지막 남은 들판 위 바람 속에서 방울새들이 노래하는 소리

들어보았어?

평생 그렇게 행복했던 적이 있었어?

쌀

그건 검은 진흙에서 자랐지.
그건 호랑이의 오렌지색 발아래에서 자랐지.
그 줄기는 촛대보다 가늘고, 촛대처럼 곧지.
그 잎은 왜가리 깃털 같지만, 초록색이지.
꼭대기에 달린 알곡은 튀어나오고 싶어 하지.
오, 호랑이의 피.

난 당신이 그냥 식탁에 앉지 말았으면 좋겠어.
난 당신이 그냥 먹고 만족하지 않았으면 좋겠어.
난 당신이 들로 나갔으면 좋겠어,
물이 반짝거리고 벼가 자라난 곳.
난 당신이 흰 식탁보와 멀리 떨어져 그곳에 서면 좋겠어.
난 당신이 진흙을 축복처럼 두 손 가득 쥐었으면 좋겠어.

양귀비

양귀비들 오렌지색 불꽃으로
타오르며, 바람 속에
흔들리네, 양귀비 무리는
공중에 뜬

밝은 먼지, 레이스 같은
얇은 잎.
머지않아
어둠의 남빛에 잠기지 않을 곳

이 세상 어디에도 없지만,
지금, 한동안,
저 섬유질

노랑 머리칼 달고
모든 것들 위에서 떠돌며
기적처럼 빛나지.
물론 저 차가운

검은 낫의 구부러진 날
아무도 막을 수 없지—
물론
상실은 커다란 교훈이 되지.

그래도 난 이 말을 하고 싶어. 그 빛은
행복으로의
초대이고,
그 행복은

제대로 누릴 때
분명하고 구원적인
신성함이 되지.
밝은 들판에서

그 거칠고 스펀지 같은 황금빛에 감동한 나,
지상의 기쁨 실은
강물 속에서
씻기고 또 씻기지—

당신은 무얼 하려고 하지—
당신은 그것에 대해—

깊고 푸른 밤에 대해

무얼 할 수 있지?

아침 공기에 스민 독기

아침에
녀석은 느긋하게 느릿느릿
젖은 들판을 가로지르지,
검은 신 신고
등줄기를 타고 흐르는 강물 같은
흰 줄무늬 새겨진
석탄 색깔 외투 입고—
급한 성미와 반질거리는 털을 가진 동물
꼬리 밑 어지간히도 비난받는 두 개의 주머니
그래서 난 녀석을 발견하면
녀석의 눈에 띄지 않게 해달라고 기도하지—
그 분노의 널빤지로
맞지 않게 해달라고 기도하지—
그것이 나르는 냄새 전체는
참아낼 수 없으니까—
견딜 수 없는
비극처럼,
땅에 묻거나 불에 태워야 하는

죽음처럼—

하지만 그 작은 일부는 이야기가 다르지—

왜냐하면 사실 말이지,

우리의 세계에서,

꿀의 웅덩이를 이룬 꽃잎들과 반짝거리는 가시들은

하나이니까—

어둠의 옷을 걸치지 않은 완전한 빛은

표정을 갖지 못할 테니까—

사랑 그 자체도, 고통이 없다면

대수로울 것 없는 안락함에 불과하니까.

요즘, 나는 성깔 부리는 스컹크를

멀리서 지켜보지,

악취가 사방에 떠돌고,

가시와도 같은 독기가

나에게 닿지, 콧구멍까지, 목구멍까지,

그리고 나는 거기 서서

들판의 오랜 야생의 삶에 대해 생각하지, 내가

장미처럼

거칠고 아름다웠던 때를 기억하지.

비통

당신이 행복한 삶을 살지 못했으리라 나는 믿어.

당신이 속았으리라 나는 믿어.

당신의 가장 가까운 친구는 고독과 불행이었으리라 나는 믿어.

당신의 가장 바쁜 적은 분노와 우울이었으리라 나는 믿어.

당신이 기쁨이라는 놀이를 마음껏 즐기지 못했으리라 나는 믿어.

당신이 평안을 갈구하면서도 늘 그것과 낯선 사이였으리라

나는 믿어.

음악은 우울한 것밖에 없었으리라 나는 믿어.

그 어떤 장신구, 그 어떤 귀금속도 당신의 비통함만큼

　빛나진 못했으리라 나는 믿어.

당신이 여전히 삶을 이해하지 못하고 마음이 달래지지 않은 채로

마침내 관에 누웠으리라 나는 믿어.

오, 산비탈에 피어난 거칠고 부도덕하며 무모하고 평화로운 꽃들

아래 묻힌

　차갑고 꿈 없는 당신.

아침

소금이 원기둥 유리통에서 반짝이고 있어.

푸른 그릇에 담긴 우유. 노란 리놀륨.

고양이가 베개 위에서 검은 몸을 쭉 뻗어 기지개를 켜.

작은 친절의 몸짓에 곡선미로 응답하는 거지.

그러곤 우유를 핥아 그릇을 깨끗이 비워.

그러곤 세상으로 나가고 싶어 해,

아무 이유 없이 가볍게 잔디밭을 가로질러 뛰어가

풀 위에 미동도 없이 앉아 있어.

나는 잠시 고양이를 지켜보며 생각해.

내가 야생의 말들로 무얼 더 할 수 있을까?

나는 추운 부엌에 서서 고양이에게 고개를 숙여.

나는 추운 부엌에 서 있고, 주위의 모든 것들이 경이로워.

물뱀

어느 무더운 날
마른 땅에 있는
물뱀을 보았지,
한 연못에서
다른 연못으로
가고 있는
여행자,
물뱀이
조심스레 얼굴을 들어
자갈 같은 눈으로
나를 보았고,
다른 때 같았으면 꼭 다물어져 있었을 입에서
깃털 같은 혀가
날름거렸어,
난 걸음을 멈추고
물뱀에게 길을 내줬어,
물뱀은 머리를 빳빳이 들고
지나가며

나를 혐오하는 것 같았어,

나의 긴 다리,

막대기 같은 빈약한 몸,

많은 손가락들을,

왜냐하면 망설임 없이

날랜 꿈틀거림과 긴 돌진으로

길 반대편

가장 가까운 웅덩이를 향해

곧장 나아갔으니까,

달콤한 검은 물과 잡초들과

고독을 향해—

낡은 검처럼

돌연 벌떡 일어섰다가 가버렸지,

초록 잎들을 헤치고

구불텅구불텅.

왜가리

매번
단 한 번만 빼고
작은 물고기
그리고 초록의
점박이 개구리들
물의
비단결 같은 세계
가장자리에서
반짝이는 갈대들과
왜가리의 가느다란
대나무 다리
구별하지.
그러다,
마지막에 이르러
순간적으로
보게 되지,
흰 포말을 이룬
왜가리의 어깨,

흰 소용돌이를 이룬
그 배,
흰 불꽃 같은
그 머리.
그 야생의 여름들에 대해
무얼 더 말할 수 있겠어?
그들은 여기 있었지,
그들은 침묵했지,
그러다 극단의 공포
맛본 후에 떠나갔지.
그래서 나 말들을 지어내어
잡초 우거진 물가에
멀찌감치 서서
이렇게 이야기하지.
봐! 보라고!
흰 문처럼
열린
이 검은 죽음은 뭐지?

눈덧신토끼

여우는
너무 조용해—
붉은 비처럼 움직이지—
심지어
순간적으로
어깨가 긴장되면서
땅에 바싹 엎드려
완벽한
이빨들의 문을
힘껏 닫을 때조차
당신이 들을 수 있는 건
검은 조약돌 위로 흐르는
차가운 개울물 소리뿐,
들판을 가로질러
나머지 세계로 들어가는—
설령 당신이
아침에
사라진

눈덧신토끼의

깃털 슬리퍼 같은

털이

잃어버린 여름의

꺾인 꽃들이 이룬

희끄무레한 첨탑들에

엉켜 있는 걸 발견한다 해도—

바람 자체의

물결치는 가닥들처럼

그저 조금

펄럭이는 그 털들—

그래도 여전히

당신이 들을 수 있는 건

해묵은 조약돌 위로 흐르는

차가운 개울물 소리뿐,

들판을 가로질러

다른 해年로 들어가는.

해

당신은
살아가면서
이보다 경이로운 걸
본 적이 있어?

해가
모든 저녁에
느긋하고 편안하게
지평선을 향해 떠가서

구름이나 산속으로,
주름진 바다로
사라지는 것—
그리고 아침이면

다시금
세상 저편에서
어둠으로부터 미끄러져 나오는 것,

한 송이 붉은 꽃처럼

천상의 매끄러운 길로 솟아오르는 것,
그러니까, 초여름 어느 아침에,
완벽하고 장엄한 거리를 두고서―
당신은 무언가를 향해

그런 격렬한 사랑 느낀 적 있어?
해가
몸을 내밀어
빈손으로 서 있는 당신을

따스하게 해줄 때
당신을 채우는
기쁨을
노래할 수 있을 만큼

소용돌이치는 말이
그 어느 곳, 그 어느 언어에 있을까―
아니면 당신도
이 세상을 등졌을까―

아니면 당신도

권력에,

물욕에

미쳤을까?

겨울

그리고 파도는
이끼의 초록색
검은 초록색
유리의 초록색
섬유질 위로 뛰어올라
다가오며
눈처럼 새하얀 목에서
진주알 쏟아내지—
경사면에서
부서지며
그 보이지 않는
어머니 같은
손에
가져온 것들
흩뿌리지.
돌,
해초,
골이 진 껍데기 속

얼음처럼 차갑고 통통한

홍합,

채집자들을

기다리지,

길쭉한 흰 날개로

날아오는,

걸어오는,

이렇게 웅얼거리며 오는:

고마워,

오랜 진미珍味들,

검은 잔해,

바다의 동전들

내 주머니에 챙기고

갈매기들 몫도 풍족하고

바람은 여전히 휘몰아치고

바다는 여전히 선물을 들고 신이 난 어머니처럼 밀려들고—

이 세상에서 난

충분히 부유하지.

쓸쓸한, 흰 들판

밤마다
눈 덮인 들판에서
거친 원숭이 얼굴 가진
올빼미
검은 나뭇가지 사이로 부르짖으면,
생쥐들 얼어붙고
토끼들 진저리 치지―
그러다 올빼미 노래 그치고
공중으로 나서면
길고도 깊은 정적의 골 파이지.
죽음의 궁극적 목적이
무엇인지
난 모르지만, 이런 생각을 해.
누구든 자신의 삶을 손에 쥐고
한 해 한 해 수백 해 살기를
꿈꾸는 자는
올빼미 생각은 해본 적이 없는 거야―
지친 몸으로

눈발 헤치고,

얼어붙은 나무들 사이로,

그루터기와 덩굴을 지나, 헛간과

교회 첨탑을 빙 돌아,

그물 같은 장애물들을

요리조리 피하며

그 어느 것에도 저지되지 않고

날아오는 올빼미—

쓸쓸한, 흰 들판에서 낫으로 베어낸

소화되는 붉은 기쁨으로

거듭거듭 스스로를 채우지—

그리고 동이 트면,

마치 만물이 마땅히 되어야 하는 대로

된 것처럼, 들판은

장밋빛으로 넘실대고,

올빼미는 나뭇가지들 속으로

사라지고,

눈은 완벽한 송이송이

내리고 또 내리지.

능소화에 잠시 멈춘 벌새

장미를 그 누가 사랑하지 않으랴,
검은 연못에
작은 백조들의 무리처럼
떠다니는 수련을

그 누가
사랑하지 않으랴,
벌새가
작은 초록 천사처럼

날아와, 그 검은 혀
행복하게 담그는
불타오르는 능소화를
그 누가 사랑하지 않으랴—

슈베르트처럼 노래하는
그 가슴의
활기찬 모터와

아를에서의 반 고흐처럼

광희의 날들에
쉬지 않고 일하는 그 눈,
그 누가
갖고 싶지 않으랴.

이봐! 세상의 대부분이
기다리거나
기억하고 있어—
세상의 대부분은

우리가 여기 있지 않은,
탄생 전이나 죽음 후의 시간이지—
땅속의
느린 불

말도 못하고 눈도 먼 우리의 거친 사촌들
땅속의 그들은
이제 자신의 행복조차
기억할 수 없지—

이봐! 그리고 우리도
그 생기 없는 차가운
돌처럼 될 거야, 거의
영원히.

흰 꽃

어젯밤

들판에서

나 어둠 속에 누워

죽음에 대해 생각하려다

그만 잠이 들고 말았어,

여름내 피는

저 흰 꽃들 가득한

따스한 들판

지저분하고 끈적이는

경사진 거대한 방에 있는 듯했지.

잠이 깼을 때

아침 햇살이 별들 앞에서

흘러내리고 있었고,

나

꽃에 덮여 있었지.

어떻게 된 건지

나도 몰라—

잠 속에서

심연과 친밀해진 내 몸이

그 달콤한 덩굴들 속으로

뛰어든 건지, 아니면

그 초록의 에너지가

파도처럼 솟아

나를 휘감고, 그 건장한 품에

안은 건지.

나 덩굴들 밀어냈지만, 일어나진 않았어.

평생 그토록 호사스럽고,

그토록 종작없고,

그토록 찬란하게 빈 기분을 느껴본 적이 없었거든.

내 몸이 끝나고

뿌리들과 줄기들과 꽃들이

시작되는

구멍 숭숭 난 허술한 경계선을

그토록 가깝게 느껴본 적이

평생 단 한 번도 없었거든.

시월

1.

동굴 입구처럼 시커먼 형상.
그것이 느린 숨 쉴 때
목구멍에서 갈망이
꽃처럼 피어오르지.

당신이 거기 없을 때도 세상은
계속해서 빛나리라는 믿음이 없다면
세상이 당신에게 무슨 의미를

지닐 수 있을까? 여기
오래전에 쓰러진 나무가 있지, 한때
벌들이, 배달부들의 행렬처럼,
날아들어 그 안에
꿀을 가득 채웠지.

2.

나는 초록 소나무에서 가슴이 터지도록 노래하는
　박새에게 말했지.

작은 눈부심,
작은 노래,
작은 입 가득.

3.

그 형상이 구부러진 풀숲에서 기어 나와.
그르렁거리며 나타나지. 그 눈 깊숙한 곳의
자신감은 헤아릴 길 없고—
돌아서며 하품할 때
그 어깨의 유연함은
형언할 길 없지.

　　　　쓰러진 나무 근처에서
무언가—나뭇가지에서 툭 떨어져
팔랑거리며 내려오는 나뭇잎 하나—그 주목의 덫으로
나를 끌어들이려 하지.

4.

그것이 나를
주목의 덫으로 끌어들이지.

그리고 내가 다시 고개를 돌렸을 땐, 곰은 가버렸지.

5.

이봐, 내 몸은 벌써
꽃의 몸 같은 기분을 느끼지 않았어?

6.

이봐, 난 이 세상을 사랑하고 싶어,
이것이 내가 살아 있을 마지막 기회이고
난 그걸
알고 있는 것처럼.

7.

늦여름이면 가끔 난 아무것도 만지지 않으려 해,

꽃들도, 덤불에 주렁주렁 열린 블랙베리도.
연못의 물도 마시지 않고,
새들이나 나무들 이름도 말하지 않고,
내 이름도 속삭이지 않으려 해.

                              어느 아침
여우가 빛나는 당당한 모습으로 언덕을 내려오면서
나를 보지 않았어―그리고 난 생각했지.

이게 세상이야.
난 이 안에 없어.
세상은 아름다워.

천국에 이르는 길은
당신이 세상에 보내는
경의의 몸짓에 놓여 있지.

당신이 할 수도 있는 몇 가지 질문들

영혼은 쇠처럼 단단할까?

아니면, 올빼미 부리 속 나방의 날개처럼

가냘프고 부서지기 쉬울까?

누가 영혼을 가졌고, 누구는 갖지 못했을까?

난 계속 주위를 둘러보지.

말코손바닥사슴의 얼굴이

예수의 얼굴처럼 슬퍼.

백조가 흰 날개를 천천히 펼쳐.

가을이면, 검은 곰은 어둠 속으로 나뭇잎들을 옮겨.

질문이 꼬리에 꼬리를 물고 이어지지.

영혼은 형상을 갖고 있을까? 빙산 같은?

벌새의 눈 같은?

뱀과 가리비처럼 폐가 하나일까?

어째서 나는 영혼을 갖는데, 제 새끼들을 사랑하는

개미핥기는 영혼을 못 갖는가?

어째서 나는 영혼을 갖는데, 낙타는 영혼을 못 갖는가?

그러고 보니, 단풍나무는 어떨까?

파란 붓꽃은 어떨까?

달빛 아래 홀로 앉아 있는 작은 돌멩이들은 어떨까?

장미, 레몬, 그리고 그 빛나는 잎들은 어떨까?

풀은 어떨까?

모카신꽃[*]

나 지금까지,
  평생,
    많은 것들
      사랑하며 살아왔지,

꿈속의 이끼 낀 발굽들도
  사랑하고, 나무 밑
    스펀지 같은 부엽층도
      사랑하지.

봄이면
  모카신꽃들
    태양의 이글거리는 혓바닥 향해
      뻗어나가

불타오르지. 가끔,
  그늘 속에서,
    그 몽롱한 눈이,

　　　　망각의

새끼 양 입술이,
　그 깊은 졸음이 보이면
　　난 우주의
　　　새로운 무無를 상상할 수 있지,

엉겨 붙은 잎들이
　벌어지면서,
　　검은
　　　계단이 드러나지.

그래도 평생—지금까지—
　내가 가장 사랑한 건
　　그 꽃들이 일어나
　　　활짝 피어,

분홍빛 폐를 닮은 그 몸체가
　세상의 불 속으로 들어가
　　거기에 기꺼이
　　　빛나며 서는 것—

그들이 무거운 걸음으로
어둠의 층으로 걸어가
나무가 되기 전에
할 수 있는 한 가지.

* Moccasin Flower, 이 꽃은 'Lady's Slipper'라는 이름도 갖고 있으며 우리말로는 '개불알꽃'이라고 불린다.

부처의 마지막 가르침

"스스로 빛이 되어라."
부처가 죽기 전에
한 말이지.
나는 매일 아침 동쪽 하늘이
어둠의 구름 찢고
첫 신호를—분홍빛과 보랏빛
심지어 초록빛까지 섞인
줄무늬 이룬
흰 부채 모양 빛을
보내기 시작할 때면, 그 생각을 해.
두 그루의 사라수 사이에 누운
노인, 마지막 시간이 왔음을
알고 있었던 그는
무슨 말이든 할 수 있었겠지.
빛은 위로 타올라
짙어지며 들판 위에 자리하지.
그의 주위로 마을 사람들 모여들어
목을 길게 빼고 귀 기울였지.

태양 그 자체가

푸른 공중에 고고히 떠오르기 전에도,

이미 노란 물결치는 빛의 바다

내 온몸에 닿지.

분명 그는 고난의 삶에서 겪었던

모든 일들이 생각났을 거야.

그다음에 난 태양 그 자체를 느끼지,

불타는 백만 송이 꽃처럼

산 위에서 이글거리는—

분명 난 필요가 없지만,

그래도 나 자신이

설명할 수 없는 가치를 지닌 무언가로 변해가는 걸 느껴.

천천히, 나뭇가지들 아래에서,

그는 머리를 들었지.

그 겁에 질린 군중의 얼굴을 들여다봤지.

봄

어딘가에서
　검은 곰
　　잠에서 막 깨어나
　　　산 아래를

내려다보네.
　이른 봄
　　밤새도록
　　　얄팍한 불안이 기승을 부릴 때

나는 곰을 생각해,
　자갈을 튕기는
　　네 개의 검은 주먹,
　　　풀에,

차가운 물에 닿는
　빨간 불꽃 같은
　　그 혀.

질문은 오직 하나뿐,

어떻게 이 세상을 사랑할 것인가.
　나는
　　잎이 무성한 검은 바위 턱처럼
　　　몸을 일으켜

나무들의
　침묵에 대고
　　발톱을 날카롭게 가는 곰을 생각해.
　　　시들과

음악과
　유리의 도시들이 있는
　　내 삶이
　　　다른 무엇이건,

숨 쉬고 맛보며
　산을
　　내려오는
　　　이 눈부신 어둠이기도 하지.

온종일 나는 곰을 생각해—

그 흰 이빨,

그 말 없음,

그 완전한 사랑.

싱가포르

싱가포르 공항에서
내 눈의 어둠 한 꺼풀 벗겨졌지.
여자화장실에, 문이 열린 칸이 있었어.
한 여자가 거기서 무릎을 꿇고 앉아, 흰 변기에 무언가를
　닦고 있었지.

배 속에서 역겨움이 고개를 들었고
난 주머니 속 비행기표를 만지작거렸어.

시에는 늘 새들이 들어 있어야 하지.
이를테면 선명한 눈과 화려한 날개를 가진 물총새.
강들은 유쾌하고, 물론 나무들도 그렇지.
폭포도, 만일 그게 불가능하다면, 솟았다가 떨어지는
　분수도.
사람은 행복한 곳에, 시 안에 서고 싶어 하지.

그 여자가 고개를 돌렸을 때 난 그 얼굴에 화답할 수 없었어.
그녀의 아름다움과 당혹감이 서로 다투었고, 둘 다

이길 수 없었지.
그녀가 미소 지었고 나도 미소 지었어. 이 무슨
말도 안 되는 짓이야?
누구에게나 직업은 필요해.

그래, 사람은 행복한 곳에, 시 안에 서고 싶어 하지.
하지만 먼저 우리는 그녀가 지루하기 짝이 없는
자신의 노동을 내려다보는 걸
　보아야 하지.
그녀는 자동차 휠 캡만큼 큰 공항 재떨이들을 파란 걸레로
　닦고 있어.
작은 손으로 철제 재떨이를 돌리며 문지르고 헹구지.
그녀는 일을 느리게도, 빠르게도 아니고 강물 흐르듯 해.
그녀의 검은 머리는 새의 날개 같아.

나는 그녀가 자신의 삶을 사랑한다는 걸 한순간도
의심하지 않아.
나는 그녀가 그 찌든 때와 구정물에서 일어나
　강을 따라 날아갔으면 좋겠어.
아마 그런 일은 일어나지 않겠지.
하지만 어쩌면 일어날지도 몰라.
세상이 그저 고통과 논리뿐이라면, 그 누가 세상을 원하겠어?

물론, 세상은 그렇지 않아.

나는 지금 무슨 기적 같은 걸 말하는 게 아니라, 그저

삶에서 환히 비치는 빛을 이야기하는 거야.

그녀가 파란 천을 펼쳤다 접었다 하던 모습,

오직 나를 위해 짓던 그 미소, 그래서

이 시도 나무들과 새들로 가득하지.

소라게

나 언젠가
　페이스트리처럼 주름진 껍데기 안쪽
　　어둠을 들여다보았는데
　　　거기 근사한 얼굴이 있었어—

얼굴이라기보다는 그에 가까운 것이라고 해야 할지도
　모르지—
　　소라게가 얼굴을 돌리고
　　　재빨리
　　　　건장한 팔뚝을 놀려

빛과
　내 시선을 막는 바람에,
　　해묵은 칼슘질의
　　　순백색 지붕 밑에서

반짝이는 그 얼굴을
　자세히 볼 수 없었지.

내가 땅에 놓아주자, 소라게는
　　바다의

가장자리를 따라 허둥지둥 달려갔어,
　그리고 바다는 언제나처럼
　　철썩이며
　　　미래를 향해 돌진하고 있었지,

조수마다
　과거에 등을 돌리며
　　매일 아침
　　　해변에 잡동사니들을,

죽음의 장식물들을 남기는 바다—
　그중에서
　　흰 꽃 같은 집을 선택하다니
　　　얼마나 멋진 진줏빛 파편이란 말인가—

그 집으로 뛰어들어
　버티면서
　　모든 것들을, 과거와 미래를
　　　연결해주다니

얼마나 멋진 반항이란 말인가—
물론 그것이 기적이지—
그것이 바다에 거스르는
유일한 주장이지.

백합

들판에 나부끼는
백합처럼
사는 것에 대해
생각하고 있어.

쐐기처럼 파고드는 바람 속에서
일어서고 쓰러지는 백합들,
소들의 혀를
피할 곳도 없고

옷장이나 찬장도,
다리도 없지.
그래도 난
그 오랜 관념처럼

경이롭고 싶어.
하지만 만일 내가 백합이라면
벌새의

초록빛 얼굴이 와서

만져주기를
온종일 기다리겠지.
그러니까 내 말은,
내가 그 깃털 같은 들판에서조차

자신을 잊을 수 있을까 하는 거야.
반 고흐가
가난한 사람들에게 설교했을 때
물론 그는 누군가를 구하고 싶었던 거지—

누구보다도 그 자신을.
그는 백합이 아니었고,
빛나는 들판을 배회해봐야
생각들만 더 많아졌지,

평생을 바쳐 풀어야 할 문제들.
난 이 세상에서 늘
외로울 것 같아, 소들이
검고 흰 강물처럼 풀을 뜯고,

매혹적인 백합들이

소의 혀에서 아무 저항도 없이 녹는 곳―

벌새가, 소동이 생길 때마다,

훌쩍 날아올라 떠나버리는 곳.

백조

넓은 물을 가로질러
  무언가
    둥둥 떠오고 있어―
      흰 꽃

가득 실은
  날씬하고 섬세한 배―
    기적적인 근육들로
      움직이고 있어,

마치 시간이 존재하지 않는 것처럼,
  마치 그런 선물들을
    마른 물가로 가져다주는 것이
      도저히 견딜 수 없는

행복인 것처럼.
  이제 그 검은 눈을 돌리고,
    구름 같은 날개를

가다듬고

정교한 물갈퀴 달린
　목탄 색깔 발 하나를
　　끌며 움직이지.
　　　곧 여기에 이를 거야.

오, 나 어쩌지,
　저 양귀비 빛깔 부리
　　내 손에 놓이면?
　　　시인 블레이크의 아내는 말했지,

나는 남편과 함께 있는 시간이 그리워—
　그는 너무도 자주
　　천국에 있어.
　　　물론! 천국에 이르는 길은

평지에 놓여 있는 게 아니지.
　당신이 이 세상을
　　인지하는
　　　상상력에,

당신이 세상에 보내는

  경의의 몸짓에 놓여 있지.

    저 흰 날개들

                물가에 닿을 때,

     오, 나 어쩌지, 무슨 말을 하지?

인도네시아

사람들이 뜨거운 산비탈에 붙어 찻잎을 따는
플랜테이션 농장들, 우린 그 사이로 난
먼지 이는 굽은 도로를 달렸어—
그다음엔 초록의 나무들을 향해,
흰 스카프 같은 구름들을 향해 올라가
최상의 날씨를 자랑하는 이 섬에서
절대로 문을 닫지 않는 여관으로 갔어.
태양은 돌처럼 걸려 있고,
시간은 김이 피어오르는 강물처럼 느리게 흐르고
어딘가에서 메마른 혀가 유일한 좌우명을
말했어, 지금 그리고 영원히.
회색과 푸른색 꽃들처럼
뜨거운 산비탈에 붙어 찻잎 따는 사람들,
나뭇가지들의 채찍질에
옷을 겹겹이 껴입은,
갈색 얼굴과 빈 자루 가진 가난한 이들
그 잎들의 세상에서
영원히 벗어날 수 없지.

우리는 여관에 도착해 차에서 내려
정원으로 들어갔고, 흰 잔에 담긴
불로 뜨거워진 차가 나왔어.
그게 꿈의 불이었는지
아니면 죽음의 불이었는지 묻지 마, 우리가 마침내
자비로운 마음을 갖고 살기로 결심했는지 묻지 마. 우린
잊을 수 없는 꽃들에 둘러싸여 앉아 있었지.
우린 그 흰 찻잔이 식기를 기다렸다가
입술에 댔지.

왜가리 몇 마리

푸른 설교자가
느린 동작으로
늪을 향해 날아왔어.

잎사귀 우거진 둑에서
늙은 중국 시인이
흰 도포 같은 날개 웅크리고

기다리고 있었어.
검은 비단과도 같은
물,

바람이 스치고 지나가거나
물속 생명체가
순간적으로 작은 꽃 피우며

튀어 오르면,
은빛 주름들이

수면 가득 퍼졌지.

설교자가
옷자락을 무릎에 감고
어렵사리 내려앉았어.

시인의 눈이
이글거렸어, 시인은
명상의 숲에서

깨어나면
그런 눈이 된다고 하지.
때는 여름이었어.

해가 뜬 지 얼마 지나지 않은 때였고,
그건 그들 앞에
길고 달콤한 하루가 온전히 놓여 있었다는 뜻이지.

그들은 인사를 나누며,
잠시 날개옷을 헝클어뜨렸다가
가다듬었어.

그들은 물로 들어갔고,
즉시 두 마리가 더—
그들처럼 아름다운 왜가리들이—

합류하여 그들 바로 아래쪽에 서서
반들거리는 검은 물에서
종일, 물고기를 잡았어.

새벽 다섯 시 소나무 숲에서

땅에 깊이 박힌 솔잎들에서
그들 발자국 보고
그들이 소나무 아래서
긴 밤을 보낸 다음

말 없는
아름다운 두 여인처럼
숲속 더 깊이
걸어갔음을 알게 된 나,

어둠 속에서 일어나
거기 가보았어. 그들이
천천히 언덕을 내려오더니
푸른 나무 아래 앉은

나를 보고, 수줍게
가까이 다가와
짙은 속눈썹 사이로

나를 바라보고,

술 장식 모양의 젖은 잡초를
조금씩 뜯어먹기도 했지. 이건
꿈에 대한 시가 아냐,
그럴 수도 있지만.

이건 우리의 세계에 대한
시지, 우리의 것이 될 수도 있는 세계.
이윽고
그들 중 하나가―정말 맹세할 수 있어!―

내 품 안에 들어왔어.
하지만 남은 하나가
분별의 두드림처럼
솔잎들 속의

날카로운 발굽을 굴렀고,
그들은 나무들 사이로
함께 사라졌지. 깨어보니
나 혼자였고,

난 생각했어.

그래, 이렇게 안으로 헤엄쳐 들어가는 거지,

그래, 이렇게 밖으로 흘러가는 거지,

그래, 이렇게 기도하는 거지.

과수원에 사는 작은 올빼미

올빼미의 부리는 병마개도 딸 수 있지,
그리고 눈은—그 부드러운 눈꺼풀을 들면—
당신 어깨 너머로
어쩌면 블레이크의 시나
요한계시록을
읽을 수도 있지.

올빼미가
검은 옷 입은 귀뚜라미,
늦은 시각에 연못에 나온 잠자리만 먹고
물론 이따금 생쥐로 잔치를
벌인다고 해도, 상관없어.
올빼미가 공포의 사무실에서 보낸
메모일 뿐이라도, 상관없어—

우리가 진짜배기를 만났음을
알게 해주는 건 크기가 아니라 돌진이지,
과수원에서 올빼미가

퍼덕거리며
그 울부짖음의 작은 알루미늄 사다리를
내려오는 소리를 들을 때면,
날개를 두 개의 검은 고사리처럼 펼치는 걸 볼 때면,

내 마음의 습지에
진눈깨비처럼 차가운
두근거림의 돌풍이
휘몰아치지,
사나운 봄날처럼.

우주 어딘가
중요한 것들의 전시장에서
아기 같은 올빼미, 멋지게 깃털 부풀리고
받침대에 앉아 있어.
사랑스러운 검은 얼룩무늬 플러시 천!
라벨을 보니
베일에 싸인 거대 기업 망각회사로부터의
메시지.
검은 깃털 레이스 블라우스 입고
갈고리 달린 머리로 쳐다보고 있어.
그건 밸런타인 카드일 수도 있지.

웃음물총새

어느 마음에나 겁쟁이와 미적거리는 자가 있지.

어느 마음에나 구름에서 벗어나 날개 펼치기를 기다리는,

꽃들의 신이 있지.

웃음물총새들, 물총새들이 새장 벽을 밀어대며

내게 문을 열어달라고 했어.

몇 해가 지난 후 나는 밤에 잠이 깨어 그때 내가 그들에게

안 돼, 하고 말한 다음 자리를 떴던 기억을 떠올려.

그들은 마음씨 고운 개들의 갈색 눈을 가졌지.

그들은 뭐 대단한 걸 원했던 게 아니라, 그저

강에 있는 집으로 날아가고 싶었던 거였어.

지금쯤 거대한 어둠이 그들을 뒤덮었겠지.

나로 말할 것 같으면, 가장 여린 꽃들의 신도 못 돼.

여전히 아무것도 변한 게 없어.

누군가 그들의 흰 뼈를 똥 무더기에 던져.

그들의 새장 걸쇠에 햇살이 반짝여.

나는 쿵쾅거리는 가슴을 안고 어둠 속에 누워 있어.

검은 물 위로 피어난 수련

저 진흙 벌집, 저 가스 스펀지,
　　저 악취 나는
　　　　잎의 마당,
　　　　　저 잔물결 이는

꿈의 그릇 속, 거머리들이
　　점점이 박힌, 소용돌이치는
　　　　삶의 묽은 수프, 바빌론만큼이나
　　　　　풍요로운 곳,

주먹들이 소리 내며
　　열리고 지팡이 같은
　　　　수련들
　　　　　활기를 띠지,

겹겹의 레이스 부리 달린
　　창백한 기둥들처럼 솟아나지,
　　　　어느 날

그들 거죽을 찢고

그다음엔 검은 물 위로
　　피어나지.
　　　물가에 선
　　　　당신

흥분에 젖고 생각에 잠겨,
　　그들을 하나의 관념에—
　　　당신 삶의 새로운 사건에 연결시키려 하지.
　　　　하지만 수련은

종작없고 야생적이지—그들은
　　의미를 갖지 않고, 그저
　　　존재의 가장 깊은
　　　　충동에 따라

여름마다
　　그들이 해야만 하는 일을
　　　하고 있을 뿐.
　　　　그리고, 친애하는 슬픔이여, 너도 그렇지.

자연

밤새 올빼미는
  종작없는 그림자들 속으로 들고 나며
    사냥을 하지,
      갈고리 모양 부리에서

핏방울이 채 마르기도 전에
  다시 허기가 덮쳐오면
    올빼미는 낙하하여, 플러시 천 같은 털옷 입은
      어느 숨 쉬는 것의 생명을 끊고는

나무들의
  굽은 가지들 사이로
    날아들지, 나무들은
      땅속에 스며든 빗물 밤새 핥고,

커져가는
  활기찬 생명력
    모든 가지들로 퍼지지,

그 가지들 차례로

흰 달을 위로 쳐올리고
　달은 느린 동작으로
　　또 하나의 아침으로 가지,
　　　새로운 일은

결코 일어나지 않아,
　그것이 자연의 진정한 선물이고,
　　우리가 자연을 사랑하는
　　　이유지.

나를 용서해줘.
　나 여러 시간 잠을 청하였지만
　　실패했지,
　　　불안하고 거칠어진 나,

어디에도 정착하지 못하고
　추락하지,
　　잠의 길을 따라가는
　　　어둠의 존재들을 부러워하며—

뿌리와 가지, 피 묻은 부리—
　차가운 잎들에서 들리는 비명도
　그들의 익숙한 장소에서
　　커졌다 작아졌다 하는 붉은 노래.

연못

해마다
수련들이
너무도 완벽하여
한여름

검은 연못 가득한
그 겹겹의 빛을
도무지 믿을 수가 없어.
그걸 다 셀 수 있는 사람은 없지―

사향쥐들이 물에 뜬
수련 잎들 사이로 헤엄치고
풀들이
억센 팔 길게 뻗어도

그 많은 수련들에 다 닿을 수 없지,
그들은 그렇게 풍성하고 야생적이지.
하지만 이 세상에 그 무엇이

완벽할까?

몸을 구부려 자세히 보면,
이건 분명 한쪽으로 기울었고—
저건 잎마름병 걸린 주황빛이고—
이건 반질거리는 뺨을

절반이나 갉아 먹혔어—
그리고 저건
막을 수 없는 쇠퇴를 가득 품은
찌그러진 주머니.

그래도, 내가 삶에서 원하는 건
기꺼이
현혹되는 것—
사실들의 무게를 벗어던지고

어쩌면
이 고난의 세상 조금 위에서
떠도는 것.
난 거대한 신비의 흰 불꽃을

들여다보고 있다고 믿고 싶어.

불완전함들은 아무것도 아니라고—

빛이 전부라고—빛은 피었다 지는 모든 결함 있는 꽃들의

합보다 크다고 믿고 싶어. 그리고 믿어.

여름날

누가 세상을 만들었을까?
누가 백조를, 검은 곰을 만들었을까?
누가 메뚜기를 만들었을까?
이 메뚜기 말이야—
풀숲에서 튀어나온,
내 손에 든 설탕을 먹고 있는,
턱을 위아래가 아니라 앞뒤로 움직이고 있는—
커다랗고 복잡한 눈으로 주위를 두리번거리는.
이제 메뚜기는 창백한 팔을 들어 얼굴을 꼼꼼히 닦고 있어.
이제 날개를 활짝 펼치더니 날아가버려.
난 기도가 정확히 무언지 몰라.
어떻게 주목하고, 어떻게 풀숲에 쓰러지고,
어떻게 풀숲에서 무릎 꿇고,
어떻게 빈둥거리며 축복을 누리고,
어떻게 들판을 거니는지는 알아.
그게 내가 종일 해온 일이지.
말해봐, 내가 달리 무엇을 해야 했을까?
결국 모두가 죽지 않아? 그것도 너무 빨리?

말해봐, 당신은 이 하나의 소중한 야생의 삶을
어떻게 살 작정이지?

장미, 늦여름

잎들은
붉은빛, 금빛으로 물들어
떨어지면
어떻게 될까? 노래하는 새들은

더 이상
노래하지 못하면
어떻게 될까? 그 빠른 날개
어떻게 될까?

우리에게
자신만의 천국이
있을까?
누군가

어둠 저편에서
우리를, 그러니까 우리를, 불러줄까?
나무들 너머

여우들은 새끼들에게

골짜기에 살라고 가르치고 있지.
그래서 그들은 사라지지 않는 것처럼 보이는 거야,
그들은 언제나 거기에
어두운 하늘에서 아침마다 일어서는

빛의 꽃 속에 있지.
그리고 또 한 무리의 언덕들 너머,
바다를 따라,
마지막 장미들이 달콤함의 공장 열어

세상에 돌려주고 있지.
내게 또 하나의 삶이 있다면
아낌없는 행복 나누며
평생을 살고 싶어.

난 여우가 될 수도 있고,
흔들리는 가지들 가득한 나무가 될 수도 있지.
장미들이 가득 핀 들판의
한 송이 장미가 되어도 괜찮아.

아직 그들은 두려움을 모르지, 야심도.

이유를 생각해본 적도 없지.

자신들이 얼마나 오래 장미로 살다가

그다음에 무엇이 될지도

묻지 않지. 다른 어리석은 질문도 하지 않지.

어쩌면

다정한 예수,
　배 위에 서서
　　그의 우울한 광기를 이야기했고,
　　　바다는 애석해하며

비단결처럼 잔잔해졌지.
　그래서 그 밤에
　　모두가 구원을 받았지.
　　　하지만 당신도 알다시피

특이한 존재가
　문턱을
　　넘어오면—아저씨들은 입을 모아
　　　불평하고,

여자들은 떠나고,
　젊은 형제는
　　칼을 갈기 시작하지.

영혼이 무엇인지 아무도 몰라.

영혼은 물 위로 부는 바람처럼
　나타났다 사라지지—
　　가끔 당신은, 며칠씩,
　　　영혼에 대해 잊고 지내지.

어쩌면, 설교가 끝난 후,
　대중이 배를 채운 후,
　　그들 가운데 한두 사람이
　　　순수한 햇살의 떨림처럼

영혼이 살그머니 앞으로 나서는 걸 느꼈을 수도 있지.
　모든 걸 삼켜버리려 드는
　　극도의 피로가
　　　그들의 뼈까지 스며

그들을 불행하고 졸리게 만들기 전에.
　예수가 일어나 타이르기 전에
　　바람이 얼마나 사납게 돛을 찢어댔는지
　　　잊은 지금의 그들처럼—

늘 그랬듯이

부드럽고 명쾌하며 요구가 많았던 그,

죽음의 바다보다

천 배는 더 무서웠지.

들판을 드나드는 흰올빼미

얼어붙을 듯 차가운 하늘에서
깊디깊은 빛 지니고
천사처럼,
날개 달린 부처처럼
내려오는 흰올빼미,
아름답고
정확했지,
눈과 거기 있었던 무언가를
날개 끄트머리 자국이 남을 만큼
거센 힘으로 덮쳤지—
5피트 거리에서—움켜쥐는
두 발 내밀었지,
그리고
눈 덮인 흰 골짜기들을 내달리던 존재가 남긴
움푹한 자국—

흰올빼미는 다시 우아하게 날아올라
얼어붙은 늪으로 돌아갔지,

그곳의 푸른 그림자들 속에

작은 등대처럼

숨기 위해—

그래서 난 생각했지.

어쩌면, 결국, 죽음은

어둠이 아니라

너무도 강렬한 빛이

우리를 휘감는 것인지도 몰라—

깃털처럼 부드럽게—

그리하여 우린 보다가, 보다가

금세 지쳐 눈을 감지,

그리고 경이감이 없지 않은 상태로,

운모 같은 반투명의 흐름에

몸을 맡기고,

강으로 가지,

얼룩이나 그림자라곤 없이—

오직 빛뿐—델 듯이 뜨거운, 대동맥의 빛—

그 속에서 우리 뼈까지

씻기고 또 씻기지.

그저 너의 몸이라는 여린 동물이
사랑하는 걸 사랑하게 하면 돼.

돔발상어

어떤 느긋하고 아름다운 것이
물결 따라 흔들리며
두리번거리고 있었어.
어부의 장화처럼 검은 몸,
그리고 흰 배.

당신이 그림을 보여달라고 했다면 난 미소를 그렸을 거야,
완벽하게 둥근 눈 아래, 턱 위,
천 개의 날카로운 못들처럼
거친 미소.

당신은 알겠지,
미소의 의미를,
그렇지 않아?

과거가 떠나가기를

난 원했어, 과거를

다른 나라처럼 떠나고 싶었어, 내 삶이

닫혔다 열리기를 원했어,

돌쩌귀처럼, 날개처럼,

　　바위 위로 떨어지는 이야기 담긴

노래 가사처럼: 깨짐, 발견,

　　난 내 삶의

과업으로 서둘러 들어가기를 원했어, 난 알기를 원했어,

내가 누구든, 난

잠깐 동안

살아 있다는 걸.

저녁때였고, 여름은 지나간 뒤였어.

이름 모를 작은 물고기 세 마리

가장 높은 물결 위에 옹기종기 모여 있었고,

돔발상어가 다시 헤엄쳐 왔어, 힘들이지 않고, 몸 전체가

하나의 동작, 세 마리 작은 물고기들을

수월하게 휘감을 수 있는

하나의 검은 소매.

또한 난 사랑할 수 있기를
원했어. 그 일이 어떻게 진행되는지
우리 모두 알고 있지,
그렇지 않아?

천천히

돔발상어는 그 부드러운 물 그릇들을 찢어발겼어.

당신은 내 인생 이야기를 듣고 싶지
않겠지, 그리고 어차피
나도 말하고 싶지 않아, 난

태양의 거대한 폭포 소리에 귀 기울이고 싶어.

어쨌거나 흔한 이야기지—

어떤 사람들은
어떻게든
그저 살아남으려고 애쓰고 있어.

난 주로 친절하고 싶어.
물론, 아무도
단순한 이유로
친절하거나 비열하진 않지.

그리고 아무도 피할 수 없는 것,
이 세상에 머물기 위해선
불길 속을 헤엄쳐가야만 해.

↙

이봐! 이봐! 이봐! 난 저 작은 물고기들이
정신 차리고 쏜살같이 달아났으면 좋겠어,
그들을 향해 돌진하는
절망적인 미래로부터.

↙

아마도 그들은,

더 편한 세상을 찾느라

시간을 허비하지 않는다면

해낼 수 있을 거야.

아침의 시

아침마다
세상이
창조되네.
오렌지색

막대 모양 햇살 아래
밤의
잿더미들
다시 잎들로 변하여

높은 나뭇가지에 단단히 붙어 있네—
연못은
검은 천으로 보이고
그 위에 여름 수련들이

그려진 섬들처럼 떠 있네.
당신이 천성적으로
행복한 사람이라면

그 부드러운 물길을 따라 몇 시간씩

헤엄칠 거고, 당신의 상상력은
어디에나 내려앉겠지.
만일 당신의 정신이
납보다 무거운

가시를
품고 있다면—
당신이 할 수 있는 일이라곤
계속해서 무거운 걸음으로 걸어가는 것뿐이라면—

그래도 당신의 마음
깊은 곳 어딘가에서
한 짐승이 외치고 있어,
세상은 스스로 원했던 그대로라고—

불타는 수련들을 품은 연못은
기도에 대한
아낌없는 응답이지,
아침마다,

당신이 행복해질 용기를 낸 적이
있든 없든,
당신이 기도할 용기를 낸 적이
있든 없든.

분노

당신은 아침의
검은 노래,
진지하고 느린,
당신은 면도를 하고, 옷을 입고
격식 차린 옷을 입고
계단을 내려가
차를 몰고 나가지, 당신은
현명하고 힘 있는 사람이 되지,
세상의 모든 날들을
가능하게 만드는 그런 사람.
그러나 당신은 밤에
붉은 노래였지,
비틀거리는 걸음으로
아이의 침대로,
촉촉한 장미 같은 그녀의 몸으로 가서
당신의 쓴맛을 남겼지.
그리고 영원히 그 밤들은
낮의 섬세한 장치를 엉망으로 만들지.

아이 어머니가 미소 지을 때

당신은 그녀의 광대뼈 위에서

당신이 절대 고백하지 않을 진실을 보지,

당신은 그 아이가 어떻게 자라는지도 보지—

구석에 웅크린 소심한 아이.

가끔 당신은 광막한 밤에

가장 슬픈 울음을 듣지,

강간의 끔찍한 순간.

당신의 꿈속에서 그녀는

잎이 나지 않는 나무가 되지—

당신의 꿈속에서 그녀는

당신이 검은 돌 위로 떨어뜨려

아무도 그 파편들을 모을 수 없었던 손목시계가 되지—

당신의 꿈속에서 당신은 더럽혔지, 살해했지,

꿈은 거짓말을 안 해.

기러기

착하지 않아도 돼.

참회하며 드넓은 사막을

무릎으로 건너지 않아도 돼.

그저 너의 몸이라는 여린 동물이

　사랑하는 걸 사랑하게 하면 돼.

너의 절망을 말해봐, 그럼 나의 절망도 말해주지.

그러는 사이에도 세상은 돌아가지.

그러는 사이에도 태양과 투명한 조약돌 같은 비가

풍경을 가로질러 지나가지,

초원들과 울창한 나무들,

산들과 강들 위로.

그러는 동안에도 기러기들은 맑고 푸른 하늘을 높이 날아

다시 집으로 향하지.

네가 누구든, 얼마나 외롭든

세상은 너의 상상에 맡겨져 있지,

저 기러기들처럼 거칠고 흥겨운 소리로 너에게 소리치지―

세상 만물이 이룬 가족 안에 네가 있음을

거듭거듭 알려주지.

로베르트 슈만

난 단 하루도 정신병원의 그를 생각하지 않는 날이
없어. 지금의 나보다

젊은 나이에, 죽음을 향해 광기의 긴 내리막길을
터벅터벅 걸어간 그.

이 세상 어디에서나 그의 음악
자연스럽게 흘러나오지만, 그에겐

그렇지 않았지. 이제 난
너무도 무섭고 경이로운 사실을 알았어—

정신은 아는 길만을 고수한다는 걸, 교차로를
그대로 돌진하며, 익숙한 것에

보푸라기처럼 달라붙는다는 걸. 그래서!
난 단 하루도 그를 생각하지 않는 날이

없어. 이를테면, 열아홉 살,

독일의 봄,

그는 클라라라는 소녀를 방금 만났지.

그는 모퉁이를 돌아,

신발 바닥에 묻은 흙을 닦아내고,

어두운 계단을 달려 올라가지, 콧노래 부르며.

불가사리

바다에 잠긴 바위들 속에서,
　물결의 입술 아래
　　돌의 주머니들 속에서,
　　　아무것도 보이지 않는 탁한 물속에서,

불가사리들 미끄러지듯 움직였지,
　스펀지처럼
　　너무 많은 엄지들처럼.
　　　난 그걸 알았고, 물에서

손을 빼고 싶었지―
　기꺼이
　　두려워하고
　　　싶었지.

하지만 난 거기 그대로,
　돌벽 위에 쭈그리고 앉아 있었지,
　　바다가 수로들을 통해

거친 노래를 쏟아냈고,

나는 번개처럼 스치고 지나가는 불가사리의
　껄끄러운 감촉을 기다렸지,
　　가끔 불가사리들을 볼 수 있는
　　썰물 속을 내려다보았지—

그들의 완강한 살이
　내 손마디 위에서 쉬었지.
　　편안함을 사랑한다면
　　　종일 땡볕 아래 누워 있는 게

무슨 도움이 될까?
　난 결코 편안해지진 않았지만,
　　마침내 평온해져갔지.
　　　여름내

나의 두려움은 작아져갔지,
　불가사리들이 물속에서
　　꽃처럼, 불확실한 꿈의
　　　얼룩들처럼 피어나는 사이,

나는 바위 위에 누워, 어둠 속으로

　손을 뻗고서, 우리의 하나뿐인 세상을

　　사랑하는 법을

　　　조금씩 배워갔지.

여행

어느 날 마침내 당신은
무엇을 해야 할지 알게 되었고, 그걸 시작했지,
주위의 목소리들은
그릇된 조언을
외쳐댔지—
집 안 전체가
흔들리기 시작하고
오랜 속박이
당신의 발목을 잡았지.
"내 삶을 바로잡아줘!"
목소리들이 외쳤지.
하지만 당신은 멈추지 않았지.
바람이 그 세찬 손가락들로
온통
들쑤셔대고,
그들의 우울
끔찍했지만,
당신은 무엇을 해야 할지 알았으니까.

벌써 때가 많이 늦어져,

거친 밤이었고,

길에는 떨어진 나뭇가지들과

돌들이 널려 있었지.

하지만 당신이 그 목소리들을 뒤로 하고

조금씩 앞으로 나아가자,

하늘을 뒤덮은 구름 사이로

별들이 빛나기 시작했고,

새로운 목소리가 들려왔지,

그것이 자신의 목소리임을

서서히 깨닫게 된 당신,

그 목소리를 길동무 삼아,

자신이 할 수 있는 유일한 일을 하겠다는

결심으로,

자신이 구할 수 있는 유일한 삶을 구하겠다는

결심으로

세상 속으로

깊이 더 깊이 걸어 들어갔지.

방문객

이를테면, 나의 아버지,
한때 젊었던
푸른 눈의 그,
캄캄한 한밤중에
현관에 나타나
거칠게 문 두드리고,
문 열어주면
그의 창백한 얼굴,
비통함으로 부풀어 오른
그 아랫입술을 대할
각오를 해야만 하지.
그래서 나, 오랫동안,
문 열어주지 않았고,
그가 문 두드리지 않는 시간에
토막 잠을 잤지.
하지만 마침내 어느 밤에
나는 침대에서 나와
비틀거리며 복도를 내려갔지.

문이 열렸고

나는 구원받았음을,
그를 견딜 수 있음을 알게 되었지,
애처롭고 공허한 그,
가장 작은 꿈들마저
얼어붙고,
비열함은 사라졌지.
그를 맞이하여 안으로
들인 다음,
불을 켜고
그 멍한 눈을 들여다보았지,
나 마침내 그 눈에서
아이가 사랑해야만 하는 걸 보았어,
우리가 제때 사랑했더라면
그 사랑이 이룰 수도 있었던 걸 보았어.

스탠리 쿠니츠*

과거에 나는 집에서 나오는 그를
상상하곤 했지, 멀린**처럼
의미심장한 몸짓을 하며
정원을 거니는 그,
정원에선 모든 것들이 무성하게 자라고,
새들이 노래하고, 작은 뱀들이
나뭇가지에 누워 오로지
자신의 좋은 삶에 대해서만 생각하지,
꽃들은 색색깔의 폭죽 터뜨리며
피어오르고,
나무들은 천둥의 젖은 페이지를
펼치지—
오랜 세월 여름마다 그랬지.

하지만 이제 나
성장과 쇠퇴, 부활의 거대한 수레바퀴에 대해
더 많이 알고,
거짓을 향한 나의 환상도 알지.

이제 나는 집에서 나오는 그를 보지—
그는 무릎을 꿇고서
병든 것들, 군더더기들을 잘라내고,
새로운 것들을 보듬어주지,
성취의 시간은
인내의 세월 속에 묻혀 있음을 알기에—
필멸의 수레바퀴에서
기꺼이 노고를 기울이지.

오, 그것이 마법이 아님을 아는 건
얼마나 좋은 일인가!
나 인간 아이답게
득달같이 모방하지—
그가 잎사귀들과 덩굴들 틈에서
몸을 구부리고
잡초 뽑는 걸 지켜보지,
나는 그를 보고 있지 않을 때도
거기서 갈퀴질하고 다듬으며,
숨 막히도록 무거운 땅과
거칠 것 없는 무형의 공기 사이

* Stanley Kunitz(1905~2006), 퓰리처상과 전미도서상을 수상한 미국의 시인.
** 아서왕 이야기에 등장하는 예언자이자 마법사.

저 불덩이들을 일깨우는

그를 생각하지.

한두 가지만

1.

성가시게 하지 마.
난 이제 막
태어났으니까.

2.

나비는 나풀나풀 날아서
잎사귀들 나라를 우아하게 지나지,
가고 싶은 곳으로, 거기가 어디든,
얼마든지 갈 수 있지, 여기저기서 멈추어
꽃들의 촉촉한 목과 검은 진흙
흔들어놓고, 목적도 없이 열띠게
오르락내리락하지, 그러다 가끔 게으름에 빠져,

어느 평범한 꽃의 여린 줄기에 앉아
미동도 없이 산들바람 타며

길고 달콤한 시간을 즐기지.

3.

흙의 신
무수히 내게 다가와
지혜롭고 멋진 말들 많이도 들려주었지, 나
풀밭에 누워
그의 개 목소리,
까마귀 목소리,
개구리 목소리 들었지, 지금, 이라고
그는 말했지, 지금.

영원이라는 말은 단 한 번도 한 적 없지만,

4.

그래도 내 마음 한가운데에
날카로운 쇠발굽처럼
늘 존재했지.

5.

푸른 연못 너머로, 울창한
섬유질의 나무들 위로, 맹렬한
번개의 꽃들 사이로 여행할 때
당신에게 필요한 건 한두 가지뿐―기쁨에 대한
깊은 기억과 고통에 대한
날카로운 이해.

6.

하지만 쇠발굽에서 벗어나려면!
그러기 위해선 깨달음이
필요하지.

7.

오랜 세월 난 그저
삶을 사랑하기 위해 애썼지. 그런데

나비가
바람 속에서, 가볍게, 날아올랐지.

"삶을 지나치게 사랑하지 마."
나비는 그렇게 말하고,

세상 속으로
사라졌지.

거북

푸른빛 도는 검은 수면
뚫고 나와, 이끼 낀
등딱지 지고서,
얕은 물 지나 골풀 헤치고
진흙 바닥 너머, 오르막으로,
노란 모래밭으로 가서,
못생긴 발로 둥지를
파고, 거기 쭈그리고 앉아
어둠 속으로
흰 알들 쏟아내지, 그리고 당신은

거북의 인내, 꿋꿋함,
자신이 태어난 목적을
완수하겠다는 그 결의에 대해 생각하다가
더 큰 깨달음을 얻지─
거북은 자신이 태어난 목적을
생각하지 않는다는 것.
거북은 그저

오랜 맹목적 소망에 사로잡혀 있을 뿐이지.
심지어 그 소망은 거북의 것도 아니고
빗속에서, 부드러운 바람 속에서 그녀에게 왔지,
거북의 삶이 계속해서 나아가며 통과하는 문이지.

거북은 나머지 세상과 동떨어진 자신을,
자신이 봄마다 해야만 하는 일과 동떨어진 세상을
알지 못하지.
높은 언덕을 기어오르고,
모래에 파묻혀 빛나지.
거북은 꿈을 꾸지 않지,
거북은 알지,
자신이 연못의 일부임을,
키 큰 나무들은 자신의 아이들이고,
위에서 헤엄치는 새들은
끊어지지 않는 끈으로 자신에게 묶여 있음을.

해돋이

당신은
하나의 관념,
혹은 세상을 위해
죽을 수도 있지. 사람들은

그렇게 해왔지,
찬란하게,
그들의 작은 몸
화형장

말뚝에 묶여
잊을 수 없는
맹렬한 빛
창조해냈지. 하지만

오늘 아침,
친근한
새벽의 구조 속에서

친근한 언덕들 오르며, 나는 생각했지,

중국을,
인도를,
유럽을, 그리고 생각했지,
태양은

나의 눈
속눈썹 아래에서
떠오르며
모든 존재들을 위해

몹시도 즐거이
빛난다, 그리고 생각했지,
나는 너무도 많다!
내 이름은 무엇인가?

내가 우리 모두를 위해
거듭거듭
쉬게 될 깊은 숨의
이름은 무엇인가? 당신이

원하는 대로 불러도 돼, 그것은

행복, 그것은

불 속으로 들어가는

방법들 가운데 하나.

두 종류의 해방

1.

어젯밤 기러기들이 돌아왔어,
꽃처럼 떠오르는 달에서
검은 연못으로
비스듬히 빠르게 내려왔지. 사향쥐가
황혼 속에서 헤엄치다 기러기들을 보고

봄이 왔음을 모두에게 알리러
은밀한 굴로 서둘러 달려갔어.

그렇게 봄은 왔지.
아침에 밖으로 나가보니
마지막 남은 얼음마저 녹아 사라졌고, 찌르레기들이
바닷가에서 노래했지. 해마다
돌아오는 기러기들,
어떻게 그러는지
난 알 수 없어.

2.

막이 열리고
깃털 머리 장식과 가죽 레깅스와
어느 동물의 가죽으로 만든 조끼 차림의
노인이 나타났어. 그는

거친 광희의 춤을 추었고, 나무들이
멀리 떨어진 들판에서
수런거리며 긴 뿌리 빨아올리기 시작했지.
나무들은 천천히 다가와 학교 창문에
붙어 섰지.

3.

난 모르는 게 많지만
이건 알아. 내년에
봄이
출발선을 넘으면 난 그 반짝이는
기나긴 흐름에 빠져들 거고
새 한두 마리 나를 데리고 날아
문턱을 넘으리란 것.

                    남들의
고통에 대해 말하자면, 물론 그건
추상이 되려 하지만, 그러다가도

사라진 황야에서 불길처럼
맹렬히 타오르지. 미소 지으며,
우리를 증오하며, 필사적으로 춤추는
치페와족* 노인의
주름진 얼굴.

* 아메리칸인디언의 한 종족.

풍경

땅을 덮은 이끼는, 혀는
없어도, 온종일이라도
정신적 인내에 대해

설교할 수 있지 않을까?
오솔길을 따라 늘어선 검은 떡갈나무들은
가장 연약한 꽃인 양 서 있지 않은가?

매일 아침 나는 연못가를 거닐며
생각하지. 마음의 문들이
닫힌다면, 난 죽은 거나 다름없어.

아직까지는, 매일 아침, 나 살아 있지. 지금
까마귀들이 마지막 남은 어둠을 뚫고
하늘로 날아오르고 있어—마치

밤새 자신의 삶이 어떠했으면 좋겠는지
생각하며, 그 강하고 두툼한 날개들을
상상한 것처럼.

산Acid

자카르타에서,

나는

꽃과 음료수를 파는

행상들 틈에서,

섬뜩한 입을 가진 아이가

구걸하는 걸 보았어,

먹고살기 위해 일부러 낸 상처임을

알 수 있었지.

내가 그 아이에게 준 돈으로는

개 한 마리도 먹여 살릴 수 없지.

그 아이가 갈색 동전 같은

그 땀에 젖은 얼굴로

나에게 준 건

교활한 표정이었지.

나는 그걸

한 방울의 산acid처럼 지니고 다니며

기억하지,

이따금,

우리는 자신의 삶에서 기어 나와
다른 사람이 될 수 있다는 걸—
신경망의 둥지에서 일어나는
폭발,
우린 그걸 상상력이라고 부르지.
난 그 아이를
다시는 볼 수 없겠지.
하지만 이 넝마,
이 그림자
소년의 몸처럼
내 마음의
벽에 던져져,
신맛을,
위대한 원동력이 되는
모욕감과 분노를
흘리고 있는데, 그건 어쩌지?

나방

오월 중순
숲속,
분홍빛 모카신꽃
피어오를 때,
아른거리는 흰 나방,
무슨 나방인지는 모르겠어.

우리는 무언가에 주목하게 되면,
그로 인해
점점 더
많은 것들을 보게 되지.

아무튼
난 활기가 넘쳤지.
늘 바삐 돌아다니며, 이것
저것 보았지.

걸음을 멈추면

고통을
견딜 수가 없어서.

걸음을 멈추고 생각하면, 세상이
구원되지
못할 것 같고,
고통을
견딜 수가 없었지.

결국, 난 실컷 보았지.
숲에 선 내 주위로
흰 나방들이 날아다녔지.
나방들은 나풀나풀 그림자들 넘나들며,
얼마나 오래 살까?

넌 대단할 것도 없어, 나는
어느 날
초록 연못에 비친
내 그림자에게 그렇게 말하고,
빙긋 웃었지.

나방 날개들이 햇살을 받아

몹시도 찬란하게
빛나고 있어.

밤이면, 가끔,
나방들은 분홍빛 귓불 같은 모카신꽃 꽃잎들 사이로
미끄러지듯 날아들어
그 어두운 꿀의 통로에서
새벽이 올 때까지 꼼짝 않고 누워 있지.

1945~1985, 추모일을 위한 시

가끔,
난 몇 시간씩 숲속을 돌아다니면서도,
내가 무얼 찾고 있는지 알지 못하지,
어쩌면 수줍고 아름다운 것이
덤불에서 튀어나오기를
기다리는지도 몰라.

언젠가 새끼 사슴이 그랬지.
내 개는 그럴 때 개들이 어떻게 하는지
알지 못했지.
새끼 사슴도 그걸 몰랐고.

엄마 사슴은 아마도
저 아래 라운드 연못에서
달콤한 습지 풀 뜯으며
아무 일 없으리라는 꿈에 젖어 있었겠지.

내가 이 세상을 사는 방식은
누구에게도 상처를 안 주지, 그저
언덕을 오르내리며 주위를 둘러보는 것뿐이니까,
그러니 내가 무얼 찾고 있는지 모를 때가
절반은 된다 한들 뭐 어떠랴—

그러니 그것이 아무 쓸모없는 일이라 한들
뭐 어떠랴—

그러니 내가 민주당에 표를 준다 한들,

내가 유대인이거나
루터교인이라 한들—

밀렵감시관이라 한들—

빙고게임 중독자라 한들—

파이프 담배를 피운다 한들, 뭐 어떠랴.

다하우와 아우슈비츠와 베르겐벨젠에 대한 영화들에서
시체가 땅에서 일어나고
우리 앞에 쌓이지, 사십 년 너머의
굶주린 시선,
한편 풍요롭고, 푸르고, 음악적인 독일은
다시 그 쇠 발톱을 드러내지, 영원히

잊을 수 없는, 영원히
이해할 수 없는, 하지만 그 쇠 발톱
긴 세월, 서서히, 유럽 전역을 할퀴었지,

나머지 세계가
아무것도 하지 않고 있는 동안.

오, 당신은
그토록 녹음이 우거진 곳을 본 적이 없을 거야,

아무 일도 없었고, 내 개와 새끼 사슴은
심각해지지 않고
작은 춤을 추었지.
그다음에 새끼 사슴은 나뭇잎들 사이로 가버렸고

나의 순한 개는 나를 따라왔지.

﹀

오, 당신은 그런 정원을 본 적이 없을 거야!
수백 가지 꽃들이 만발한!
오로지 즐거움만을 위한 폭포가 있는!
정원의 가구들은 흰색이고,
탁자들과 의자들이 시원한 그늘에 놓여 있지.
한 남자가 긴 오후를 앞두고 거기 앉아 있지.
과일과 닭고기, 샐러드로 이루어진
점심 식사를 이제 막 마쳤지.
가느다란 목에 이슬이 맺힌 포도주병 하나.

그는 잔을 채우지.
당신은 그게 진짜 크리스털 잔임을 알 수 있지.
그는 잔을 들어 평온하게 마시지.

그건 멩겔레*의 얼굴이지.

❧

나중에
엄마 사슴이 황혼 속에서 어슬렁거리며 돌아왔어.
엄마 사슴은 나뭇잎들을 헤치며 걸었지. 머뭇거리며,
쿵쿵 냄새를 맡았지.

그래서 모든 걸 알게 되었지.

❧

숲이 어두워져갔지.

엄마 사슴은 새끼에게 격하게 코를 비벼댔지.

* 요제프 멩겔레(1911~1979), 아우슈비츠에서 잔인한 생체 실험을 자행한 나치 의
사로 '죽음의 천사'로 불린다.

해바라기

나와 함께
 해바라기밭으로 가.
  해바라기 얼굴은 반짝이는 원반,
  마른 등뼈는

돛대처럼 삐걱대고,
 몹시도 많고 무거운
  초록 이파리는
   종일

태양의 끈적이는 당분을 채우지.
 나와 함께
  해바라기들을 만나러 가,
   해바라기들은 수줍음 타지만

친구가 되고 싶어 하지,
 해바라기들은 어릴 적 겪은
  경이로운 이야기들 품고 있지—

중요한 날씨,

배회하는 까마귀들.
　해바라기들에게 질문하는 걸
　　두려워 마!
　　　태양을 따라가는

그 밝은 얼굴들은,
　귀 기울여 들어줄 거야, 그리고
　　줄지어 빼곡히 들어찬 씨들—
　　　그 하나하나가 새 삶이지!—

더 깊이 사귀고 싶어 하는,
　그 씨들, 군중 속에
　　서 있지만,
　　　따로 떨어진 우주처럼

고독하지, 자신의 삶을
　하나의 찬양으로 만들어가는
　　긴 여정은
　　　녹록지 않지. 나와 함께

가서 그 수수한 얼굴들,

　소박한 이파리 옷,

　　꼿꼿이 서서 불타오르는

　　　땅속 거친 뿌리들과 이야기 나눠.

4

기적은 단순한 변화가 아니라
진하고 뜨거운 거듭남으로 빚어지지.
길을 여는 건 꼭 예쁠 필요는 없어.

팔월

블랙베리가 숲에서,
누구의 소유도 아닌 블랙베리 나무들에
탐스럽게 열리면, 나

그 높은 가지들 사이에서 종일을 보내지,
아무 생각 없이,
생채기 난 팔 뻗어,

여름의 검은 꿀
입에 가득 밀어 넣지, 온종일 내 몸은

있는 그대로의 자신을 받아들이지. 흐르는
검은 개울 속에서 내 삶은
두툼한 앞발 되어 검은 종鐘들과 잎사귀들 사이로

쏜살같이 내달리고, 거기에
이 행복한 혀가 있지.

버섯

비 내린 후,
선선한 바람이
오므린 입술로
버섯들을 땅에서
끌어내지—
붉고 노란 머리들
나뭇잎 헤치고,
풀 헤치고,
모래 헤치고
올라오지, 놀랍도록
갑작스럽게,
고요히,
촉촉하게, 가을 아침들에
등장하지, 어떤 것들은
독을 가득 품고
한 발굽으로
땅 위에서 균형 잡고,
어떤 것들은 두툼하고

맛깔스러운 모습으로 굽이치지—

버섯을 아는 이들은

버섯 따러 나가서, 독 없는 걸

고르지, 화려한 것들, 마법사들 무리에서,

무당버섯,

마귀광대버섯,

설탕처럼 순수해 보이지만

마비를 일으키는

찢어진 베일 쓴

백상아리색 독우산광대버섯,

먹으면 금세,

비틀거리며 쓰러지지,

완벽한 삶을 마치고

밤사이에

빛나는 비의 장막 아래로

스러지는

버섯들처럼.

번개

바람이 거세지기 전,
폭풍의
입술에서
떡갈나무들
음산한 금빛으로 빛났지,
무형의 입이
열리고
다섯 시간의 울부짖음 시작되었지,
빛들은
빠르게 꺼지고, 나뭇가지들
비탈진 지붕 위를
옆 걸음질 쳐
금세 어두워진
마당으로 뛰어들었지―번개가
일면, 풍경이
창조에 대한
짧은 가르침처럼
튀어나왔다가

굉음과 함께 사라졌지. 마음은,
늘 그렇듯, 공포와 흥분을
구분하기가 어려웠지,
번개의
강렬한 번쩍임은
얼마나 관능적인지! 그러면서도,
그 불길, 그 위험함은!
늘 그렇듯 몸은
숨고 싶어 하면서도
번개를 향해 흐르고 싶어 하지―
공포가 아우성치고,
흥분이 아우성치는 사이,
오락가락, 균형을
잡으려 애쓰지―번쩍
이는 번개는
어둠의 장
뚫고 흐르는 불타는 강.

왜가리

오솔길이
　끊긴 곳,
　　흐릿해진 잎들과
　　　떨어진 나뭇가지들,
뒤엉킨 청미래덩굴 헤치고
　나는 계속 나아갔지. 결국
　　가시들로부터
　　　내 팔을
　　　　구할 수 없었지, 이내
모기들이
　나의 뜨겁고 상처 난 몸
　　냄새 맡고 날아와
　　　앵앵거리며 맴돌았지.
　　　　그렇게 난
연못가로 오게 된 거지.
　비어 있는 검은 연못,
　　건너편 기슭
　　　방추형의

표백된 갈대들,

　　바라보고 있자니

　　　갑자기 주름이 지며

　　　　세 마리 왜가리 되었지—

흰 불의

　　소나기!

　　　반쯤 잠든 상태에서도

　　　　그들을 만든 세상을

굳게 신뢰하는 왜가리들—

　　물 위로 몸을 기울여

　　　침착하게, 확고하게,

　　　　논리가 아닌

그들이 믿는 법칙에 따라,

　　부드럽게 날개를 펼치고

　　　모든 검은 것

　　　　넘어갔지.

첫눈

여기 오늘
아침부터
눈이 시작되어
종일 내렸어, 그
흰 웅변, 사방에서
우리를 질문으로
이끌었지 왜, 어떻게,
어디에서 그런 아름다움이 나오고,
그 의미는 무엇일까, 놀라운
신탁의 열기! 유리창에
스쳤지, 그 에너지,
결코 퇴조하지 않고,
결코 사랑스럽지 못한 상태에
머물지 않을 듯했지!
그리고 이제야,
밤이 깊어,
마침내 눈이 그쳤어.
그 압도적인

고요,
하늘은 여전히
백만 개 촛불 들고 있어,
친근한 것들
어디에도 없지,
별들, 달,
우리가 밤마다 기대하고
저버리는 어둠. 나무들은
리본 두른 성처럼
반짝이고, 넓은 들판은
빛으로 타오르고, 개울 바닥엔
빛나는 언덕들 쌓여 있어,
온종일 우리를 괴롭힌
질문들 그대로
남아 있어도—아무런
답 찾지 못했어도—
지금 밖으로 나가
고요와 빛 속에서
나무들 아래를 지나고
들판을 건너면
거기에 답이 있지.

유령

1.

알고 있어?

2.

무수한 힘센 짐승들 울부짖으며
땅에 쓰러져 죽어간 곳,
무엇의 뼈인지, 과거에
무엇이었는지,
이제 알기가 어렵지.

이를테면, 검독수리는,
무거운 걸 좀 품고 있지,
더욱이 그 거대한 헛간들은
가끔, 더 깊은 풀숲으로
들어갈 준비가 되어 있는 듯하지.

3.

1805년
비터루트 산 근처,
루이스*라는 이름의 남자가
대평원에서 무릎 꿇고 앉아

히숍풀에 교묘히 가려지고 안에는 버펄로 털이 깔린
참새 둥지를 내려다보고 있어. 부화된 지
하루밖에 안 된 새끼들,
푹신한 털에 조용히 기대지,
완벽한 세상을 떠나
무력하고 눈도 안 보이는 상태로
이 세상의 꽃 핀 들판과
위험들에 던져진 것이
만족스러운 듯.

4.

땅의 책에는 이렇게 씌어 있지,
아무것도 죽을 수 없다.

수Sioux족**의 책에는 이렇게 씌어 있지.
그들은 땅속으로 숨었다.
그들을 다시 불러낼 수 있는 건
사람들의 춤뿐이다.

5.

노인들은 말했지,
혀가
제일 맛있는 고기다.

기차에서 차창 밖으로 총을 쏘면
빗맞히기가 어려웠어, 버펄로가
그렇게 많았지.

나중에 시체들에서
끔찍한 악취 풍기고, 파리들 노래하고,
흰 지방 덩어리의 능선들,
검은 밧줄 같은 피—
대평원의 열기 속 지옥의 덩어리들.

6.

알고 있어? 모카신 발소리처럼
조용히 내리는
비. 알고 있어? 그 거대한 무리들,
백 년이 지난 후에도, 여전히, 고집스럽게,
영역 표시를 하지,
그들 밤낮으로
둥글게 모여 서서
이제는 그들처럼 사라진
알고 있어? 노란 눈 늑대 떼보다 오래 버틸 때
수컷들 울부짖으며
푸짐한 똥 떨구던 풀에.

7.

단 한 번, 그다음엔 꿈속에서,
나는 보았지, 대평원의 봄
야생의 땅
향긋한 풀밭
맑은 밤
따듯한 구석 자리에서, 암컷이

은밀히, 붉은 새끼를

낳고, 어미의 다정한

혀로 핥아주고

젖을 먹였지, 나는 그들에게 부탁했지,

꿈속에서 무릎 꿇고 부탁했지,

내게 자리를 내달라고.

* 메리웨더 루이스(1774~1809), 미국의 탐험가.
** 아메리칸인디언 종족.

독수리

크고 검은

느긋한

나비처럼 그들

숲속 빈터 위를 맴돌지,

죽음을 찾아서,

먹어 치우기 위해,

사라지게 하기 위해,

부활이라는

기적 만들기 위해. 그렇게

날마다

풀 덮인 넓은 땅

보살피는 그들

얼마나 많은지

아무도 몰라, 그들이

얼마나 많은 몸들

발견하고 내려가, 세상의

식욕, 끊임없는

변화의 폭포

증명하는지

세는 이도 없지.

하물며,

피가 식는 것,

형체가 사라지는 것이

어떤 기분인지

깊이 생각하고 싶어 하는

이도 없지.

자신의 몸이라는 불길 속에 갇힌

우리

하늘에서 맴도는 그들

지켜보며, 그들을

찬양하지, 그들을

증오하지,

그 원칙 아무리 지혜롭다 하여도,

그 순환 아무리 장엄하다 하여도,

저 세찬 날갯짓의 연료가 되는

죽음이라는 혼란이

궁극적으로 아무리 달콤하다 하여도.

오하이오에 내리는 비

개똥지빠귀의 외침: 비다!
까마귀의 절규: 약탈이다!

덩굴 속 검정뱀은
근육의 긴 사다리 오르다
우뚝 멈추고

흰 서쪽 하늘에서
소나기구름 소용돌이치며,

시커먼 발굽으로
키 큰 나무들에 새김눈 내지.

비다, 비다, 비다! 개똥지빠귀들
미친 듯이 노래하다 비 피하러 날아가지.

까마귀는 웅크리지.
검정뱀은

쏜살같이 거칠게
땅으로 쏟아져 내리지.

보스턴 대학병원

병원 잔디밭 나무들은
푸르고 무성해. 나무들은
최고의 보살핌을 받고 있지,
당신처럼, 그리고 이름 모를 많은 사람들처럼,
이 도시 높은 곳 깨끗한 방들,
밤낮으로 의사들이
드나들고, 복잡한 기계들이
피의 웅얼거림을,
뼈의 느린 접합을,
마음의 절망을
차분하고 정교하게 기록하는 곳.

나는 문병을 가서 당신과 함께
여름날의 햇살 속으로 걸어 들어가,
나무들 아래 앉지―
칠엽수들, 플라타너스, 그리고
라일락 울타리 위로 높이 솟은
검은호두나무, 그 나무들은

남북전쟁 전에 지어진

붉은벽돌로 된

본관 건물만큼 오래되었지.

우리는 손을 잡고서 잔디밭에 앉아 있고

당신이 내게 말하지: 나아졌어.

나는 생각하지, 얼마나 많은 청년들이,

무시무시한 핏빛 전쟁터에서 느린 기차를 타고 와

들것에 실려 이곳으로 들어와서

여름내 작고 갑갑한 방에 누워 지냈을까?

의사들은 아직 상상해내지 못한 도구들과

아직 발견해내지 못한 약들과, 아직 궁리해내지 못한

지혜들을 염원하며 최선을 다했겠지.

얼마나 많은 이들이 그들을 살려내기 위한 주위의

고군분투를 알지 못한 채 저 나뭇잎들을 바라보며

죽어갔을까?

나는 당신 눈을 들여다봐,

어떤 때는 초록빛이었다가 어떤 때는 회색빛이 되고,

어떤 때는 유머로 가득하지만, 안 그럴 때가 많은 당신의 눈,

난 자신에게 말하지, 당신이 나아졌다고,

당신 없는 내 삶엔

바싹 말라 부러진 나무들만 서 있을 테니까.

나중에, 난 복도를 지나 거리로 나가려다가

발걸음을 돌려 빈방으로 들어가지.

어제 어떤 이가 여기에 숨 가쁜 얼굴로 누워 있었어.

이제 침구를 새로 싹 갈았고,

기계들도 치워졌어. 내가 당신을 사랑하며

거기 서 있는 사이,

깊고 중립적인 정적이 이어지고 있어.

앉은부채[*]

그리고 이제 연못을 덮은

강철 같은 얼음 녹기 시작하면,

양치식물과 꽃들,

새로 돋아나는 잎들을 꿈꾸는 당신,

차디찬 진흙 위로

잎다발 내민

무모한

순무 심장 가진 앉은부채 만나지.

당신은 그 옆에 무릎 꿇지. 당당하게

내뿜는 지독한 냄새

지속적으로 단백질

날아들도록 유혹하지. 그 초록의

거친 동굴들, 땅속에 둥지 튼

본능처럼 완고하고 강한 굵은 뿌리,

간담이 서늘해지지!

하지만 이곳은 당신이 사랑하는 숲,

모든 죽음의 숨겨진 이름이

새로운 삶인 곳―기적은 단순한 변화가 아니라

진하고 뜨거운 거듭남으로 빚어지지.
부드러움이나 갈망이 아닌, 대담함,
얼어붙은 폭포를 깨부수는 힘, 돌파.
양치식물, 잎들, 꽃들, 그 우아하고 평화로운
마지막 정교한 장식은,
일어나 번성하기를 기다리고 있지.
길을 여는 건 꼭 예쁠 필요는 없어.

* Skunk Cabbage, 영어 이름을 그대로 옮기면 '스컹크 양배추'로 지독한 냄새를
풍겨 날벌레들을 유인한다.

개화

사월에
  연못은
    검은 꽃처럼
      피어나고,
달이
  그 꽃 속에서 헤엄치지,
    불길이
      곳곳에서 타오르지. 개구리들
갈망을,
  만족을 목청껏 외쳐대지. 우리가
    아는 것: 시간은
      곡괭이처럼
우리 모두를 난도질하고, 죽음은
  마비의 상태. 우리가
    소망하는 것: 죽음 전의
      기쁨, 습지에서의
밤들—다른 건 다
  기다릴 수 있어도,

몸의 뿌리의

　　이 돌진은

기다림을 모르지. 우리가

　아는 것: 우리는

　　피 이상의 존재―우리는

　　　굶주림 이상의 존재이며

달에

　속해 있다는 것, 연못이 열리고

　　불길이 타오르기

　　　시작하면, 우리 중

가장 사려 깊은 자

　서둘러

　　검은 꽃잎들 속으로,

　　　불길 속으로,

시간이 박살 난 채 누워 있는 밤 속으로,

다른 몸으로 들어가기를 꿈꾸지.

하얀 밤

밤새 나는
　얕은 연못에서
　　떠다니고,
　　　달은
우윳빛 줄기들 사이로
　하얀 뼈처럼 빛나며
　　떠돌지.
　　　한번은
달이 손을 내밀어
　사향쥐의 매끄러운 작은 머리
　　매만지는 걸 보았지,
　　　얼마나 사랑스러웠는지, 오,
내 삶에 없어서는 안 된다고 생각했던
　모든 것들에 대해
　　더 이상
　　　왈가왈부하고 싶지 않아! 곧
사향쥐는
　다른 사향쥐와 함께

잡초 우거진

   그들의 성으로 달려가고,

아침이 동쪽에서

   헝클어지고 뻔뻔한 모습 드러내겠지,

   그 까다롭고

    아름다운

빛의 허리케인

  몰려오기 전에, 난

   모든 물들의

    어머니 가로질러

흘러가고 싶어,

  그 비단결 같은

   검은 물결에

   몸을 맡기고,

하품하며,

  잠의

   키 큰 연꽃

   따고 싶어.

물고기

내가 처음 잡은

물고기

양동이에 얌전히

누워 있지 않고

퍼덕거리며

얼얼한

놀라운 공기 빨아들이고

무지개 빛깔

서서히 쏟아내며

죽어갔지. 나중에

나는 물고기 몸을 갈라

살에서 가시를 발라내고

먹었지. 그래서 바다가

내 안에 들어 있지. 나는 물고기,

물고기는 내 안에서 빛나네, 우린

서로 뒤엉켜 다시 바다로

돌아가겠지. 고통,

그리고 고통, 또 고통으로

우리 이 열정의 대장정 이어가고,
신비에서 자양분 얻지.

늪을 건너며

여기 끝없이 펼쳐진
　젖어 있는 걸쭉한
　　우주, 모든 것들의
　　　중심─진액
덩어리, 뻗어나간
　덩굴들, 살며시
　　트림하는 검고 거친
　　　수렁. 여기는
늪, 여기엔
　버둥거림이,
　　종료가 있지─
　　　길도 없고, 이음매도 없는,
비길 데 없는 진흙. 나의 뼈들
　힘없는 관절에서 삐걱거리며,
　　몹시도 미끄러운 횡단로, 엉덩이까지
　　　빠지는 구멍들, 검고
느슨한 흙수프 속으로
　조용히 꺼지는 작은 언덕들 사이에서

발 디딜 곳, 손 디딜 곳,
　　마음 디딜 곳
찾아 헤매지.
　난 젖었다기보다는
　　풀로 덮인 기름진
　　　진창, 즙 가득한
풍요로운
　땅의 골수를
　　잔뜩 칠하고
　　　반짝거리는 기분이지—
늪의 변덕으로
　한 번 더 기회 얻은
　　가련한 마른 막대기—오랜 세월 후에도
　　　아직 뿌리 내리고,
싹 틔우고, 가지 뻗고, 봉오리 지어
　자신의 생명으로
　　숨 쉬는 잎들의 궁전 지을 수 있는
　　　큰 가지.

혹등고래

우리 주위엔 온통
본연의 불인
이 나라가 있지.

내 말이 무슨 뜻인지 당신은 알겠지.

하늘은, 결국, 어떤 일이든 서슴지 않으니,
　무언가
우리 몸을
풍요롭고 영원한 마구간에 묶어놓아야지,
안 그러면 우린 날아가버릴 거야.

❧

스텔웨건에서,
케이프코드에서,*
혹등고래들 솟아오르지. 무수한
따개비들과 기쁨 매달고

수면 위로 뛰어올랐다가,
놀이하는
아이들처럼
다시 바닷속으로 파고들지.

그들은 노래도 부르지.
당신이 상상할 수 없는
이유에서는 아니지.

혹등고래 세 마리
뱃머리 근처 수면으로 솟았다가
흉터 진 거대한 꼬리
허공에 기울이고
깊이 잠수하지.

우리는 어디에서 그런 일이 일어날지
모르는 채로 기다리고, 갑자기
그들이 수면을 박살 내면, 누군가

환호하기 시작하고 당신은
그것이 자신임을 깨닫지, 그들이
위로 솟아오르면 당신은 처음으로
그들이 얼마나 거대한지 보게 되지,
그들이 뛰어올랐다가,
내려갔다가, 다시 빛나는 푸른 꽃 같은
갈라진 수면 위로 뛰어오르면
그 믿을 수 없는
찰나의 순간
당신은 하늘을 배경으로 그들을 보지—
당신이 상상조차 하지 못했던 광경—
창조신화 다섯 째 날 아침처럼
어둠 속에서 달려 나와, 하늘을 향해
솟구치고, 빙빙 도는, 그러다

⌣

그들 다시 검은 비단 찢고 내려가면
우리 다 함께
그 젖은 불 속으로 떨어지지, 내 말이
무슨 뜻인지 당신은 알겠지.

내가 아는 선장은 혹등고래들이

초록 섬들 사이로 헤엄치며,

해초를 가지고 놀고, 그

미끄러운 가지들을 공중으로 던지는 걸 보았다더군.

난 혹등고래가 스스로 원할 때 배로 다가와

그 긴 지느러미발로

뱃머리를 쿡쿡 찔러댈 것임을 알지.

난 살 만한 가치가 있는 몇 가지 삶들을 알지.

✔

들어봐, 당신이 어떤 삶을 살고자 하든,

당신의 몸이

꿈꾸는 것만큼

당신을 황홀하게 해주는 건 없어,

무거운 뼈들이

검은 갈기 휘날리며 서둘러
반짝이는 불의 벌판으로,

모든 것들이, 심지어 거대한 고래조차도,
노래로 고동치는 그곳으로 돌아가는 동안,
영혼은 날기를 갈망하지.

* 혹등고래를 볼 수 있는 매사추세츠주 해양보호구역들.

만남

그녀가 검은 습지로 걸어 들어가네,
긴 기다림이 끝나는 곳.

은밀하고 미끄러운 보따리
잡초들 위로 떨어지네.

그녀는 긴 목을 기울이고서
탈진하여 늘어진 숨 사이사이 그 보따리 혀로 핥고,

얼마 후 그것은 솟아올라 그녀 같은 생명체가 되지,
그녀보다 훨씬 작지만.

그리하여 이제 둘이 되었네. 그들
꿈속에서처럼 나무들 아래를 함께 거니네.

유월 초, 분홍과 노랑 꽃들이 만발한
들판 끝자락에서

나 그들을 만나네.
나 그저 바라만 볼뿐.

그녀는 내가 평생 만나본 존재들 중
가장 아름다운 여인이지.

그녀의 아이는 꽃 속에서 뛰어놀고,
푸른 하늘이 비단처럼

나를 덮네, 꽃들은 빛나고, 나는
삶을 처음부터 다시 살고 싶어, 다시 시작하고 싶어,

지극히
야생적이고 싶어.

바다

바다에서

　헤엄치며

　　내 몸은 그 삶을 기억하고

　　　잃어버린 부분들을,

살 속에서

　꽃처럼 피어나는

　　지느러미들, 아가미들을 애원하지, 내 다리는

　　　뒤엉켜 하나의 근육이 되고 싶어 하지,

나의 나머지 부분이

　청회색 비늘들로

　　덮인다면

　　　어떤 기분일지

나는 분명코 알지!

　파라다이스! 소금과 운동으로 이루어진

　　그 어머니 무릎,

　　　그 꿈의 집에

엎드리면,

　뼛속에서

우러나는

　간절한 노스탤지어!

육지에서의

　긴 여정, 이해의

　　덧없는 아름다움 포기하고,

　　물에 뛰어들어,

다시금

　맹목적 감정의

　　불타는 몸 되어

　　　바다의 몸 빛나는 섬유질 속

미끄러져가다가

　그 빨아들이는 기원,

　　그 포효하는 화려함,

　　　우리 자신의

그 완벽한 시작과

　결말 속으로

　　승리처럼 사라지기를

　　　나 얼마나 갈망하는지.

행복

오후에 나는 암컷 곰을
지켜보고 있었지, 곰은
달콤함이 든 은밀한 통을 찾고 있었어—
벌들이 나무의 부드러운 동굴 안에
쟁여둔 꿀.
침울한 검은 덩어리, 곰은 이 나무
저 나무 기어 내려와
무거운 걸음으로 숲을 헤맸지. 그러다
발견한 거야! 심재처럼
나무 속 깊숙이 박힌 꿀의 집, 곰은
벌들이 우글거리는 벌집에 얼굴을 박고
입술로 물고 혀로 핥았지, 검은 발톱으로
퍼냈지, 그러다

배가 불렀는지, 졸렸는지, 아니면
좀 취했는지, 양탄자 같은 팔이
온통 끈끈해져서는,
콧노래 부르며 몸을 흔들기 시작했지.

나는 곰이 손에 쥔 나뭇가지들을 놓고
잎사귀들 향해 꿀 묻은 입을 드는 걸
봤어, 육중한 두 팔도 들었지,
온통 달콤함과 날개뿐인
거대한 벌이 되어 날아갈 것처럼,
인동덩굴과 장미와 클로버 우거진
완벽한 초원으로 내려가
떠돌다가, 눈부신 하루하루
꽃과 꽃 사이에서 흔들리는
얇디얇은 그물 속에서
잠이 드는 거지.

테쿰세[*]

나 얼마 전에
매드 강으로 내려갔어, 버드나무 아래
무릎 꿇고 앉아 그 주름진 물 마셨어, 당신은
그걸 미친 짓이라고 부를지 몰라도, 죽음의 위험보다
끔찍한 것이 있지, 우리가 결코 잊지 말아야 할 걸
잊는 것.
테쿰세가 거기 살았지.
과거의 상처들은
무시되지만, 비 온 후
노란 나뭇가지들에 걸린 쓰레기처럼,
신문들과 비닐봉지들처럼, 남아 있지.

이제 쇼니족은 어디에 있을까?
당신은 알아? 아니면 워싱턴에 편지로
문의해봐야 할까? 그들이 뭐라고
대답하든,
당신은 그걸 믿을 수 있을까? 가끔

난 몸에 빨간 칠을 하고
빛나는 눈밭으로 나가
죽고 싶어.

그의 이름은 별똥별이라는 뜻이었지.
그는 매드 강 북쪽에서 국경까지
부족들을 규합하여
다시 한번 그들을 무장시켰지. 그는
오하이오를 지키겠노라 맹세했고
이십 년 넘게 싸우다 패배했지.

템스에서의 피비린내 나는 마지막 전투 후
종말을 맞이했지만,
그의 시신은 발견되지 않았지.
시신은 끝내 발견되지 않았고,
그것에 대해선 당신 마음대로 믿어도 되지, 그러니까

그의 사람들이 밤의 검은 나뭇잎들 사이로 와서
시신을 은밀한 무덤으로 끌고 갔다거나,
그가 다시 어린 소년이 되어,
자작나무 카누에 올라타고
노를 저어 강을 따라 집으로 돌아갔다거나. 어쨌든,

난 이것만은 확신하지. 우리가 그를 만나면 알게 되리라는 것,
그는 여전히
몹시 화가 나 있으리라는 것.

* Tecumseh(1768~1813), 아메리칸인디언 쇼니족 추장.

블랙워터 숲에서

봐, 나무들이
스스로
빛의
기둥으로

변하며,
계피와
실현의
짙은 향 풍기고 있어,

끝이 뾰족한
부들의 긴 가지들
연못의
푸른 어깨 위로

솜털 터뜨려 흩날리고,
연못마다,
그 이름이

무엇이든,

이제 이름이 사라지지.
해마다
내가 평생
배운

모든 것들
불과 상실의 검은 강으로
돌아가지,
강 건너편에는

우리가
영원히 그 의미를 알지 못할
구원이 있지.
이 세상에서 살아가려면

세 가지를
할 수 있어야만 하지.
유한한 생명을 사랑하기,
자신의 삶이 그것에 달려 있음을

알고 그걸 끌어안기,

그리고 놓아줄 때가 되면

놓아주기.

행복이
꼭 무슨 대단한 증거가 있어야
그 초록 잎 빛깔 호흡을 시작했나?

숲에서 잠이 들어

땅이 나를
기억하는 듯했어, 땅이
그 검은 치마 매만지고, 주머니엔 이끼와
씨앗 가득 담고 나를 고이 거둬 갔지.
그런 잠은 처음이었어,
강바닥의 돌멩이 같았지,
별이라는 흰 불들과 나 사이엔 아무것도 없고
내 생각들만 있었지, 생각들이
완벽한 나무들의 가지 사이로
나방처럼 가벼이 떠다녔지. 밤새
나는 주위의 작은 왕국들이 내는 숨소리를 들었지,
어둠 속에서 제 할 일을 하는
곤충들, 새들. 밤새
나는 물속에 있는 것처럼
빛나는 운명과 씨름하며
떠올랐다 가라앉았다 했지. 아침이 오기까지
여남은 번은 사라져
더 나은 것으로 변했지.

홍합

돌밭에,
　서늘한 동굴에,
　　소금기 새로 채워진 어둑한
　　　후미에, 홍합들 붙어 있지,
시커멓게 무리 지어서,
　주먹만 한 몸에 따개비 매달고,
　　결코 물기가 마르지 않는
　　　곳에서, 만조의
깊은 물속에서, 천천히
　씻어 내려가는 물속에서,
　　그 물속에서 먹이를 얻지,
　　그 속에서 푸른 껍데기
살며시 열리고, 주황색 살
　소리를 내지,
　　요란하지 않고,
　　　귀에 거슬리지도 않는 소리, 홍합이
영양분을 빨아들이고, 바다가
　그 몸으로 들어가는 소리. 썰물 때

나는 돌밭에서, 장화 신고

　양동이 들고서, 달그락거리며

돌아다니지, 틈바구니를 골라,

　그 젖은 곳으로

　　손을 뻗어

　　　일일이 더듬어

제일 크고 튼실한 걸 찾아내지. 내가

　어떤 걸 선택할지,

　　어떤 걸 젖은 돌에서 비틀어 떼어낼지,

　　　어떤 걸 먹어 치울지 결정하기도 전에,

홍합들은, 나를 볼 수 있는 눈도 없으면서,

　나를 보지, 앞으로 구부리는

　　그림자 같은 걸. 그들은 함께

　　　요란하지도,

귀에 거슬리지도 않는 소리 내며,

　돌 틈으로 몸을 사려,

　　나의 더듬는 손

　　　피하지.

검정뱀

검정뱀 한 마리
아침 도로에 갑자기 나타났는데,
트럭이 미처 피하지 못했지—
죽음, 그렇게 된 거지.

이제 뱀은 낡은 자전거 타이어처럼
둥글게, 쓸모없이 누워 있어.
나는 차를 세우고
뱀을 수풀로 옮기지.

뱀은 가죽 채찍처럼
차갑고 반짝거리지, 죽은 형제처럼
아름답고 조용하지.
나는 뱀을 낙엽 아래 두고

차를 몰고 떠나지, 죽음에 대해
생각하면서. 죽음의 돌연함,
그 끔찍한 무게,

그리고 필연성. 하지만

이성 아래 더 밝은 불이 타오르지, 몸은
언제나 그걸 더 선호해왔지.
그건 무한한 행운의 이야기.
망각에게 말하지: 난 아냐!

그건 모든 세포의 중심에 있는 빛.
뱀이 도로로 나오기 전
봄내 초록 잎사귀들 헤치고
행복하게 구불거리며 나아가게 한 힘이지.

봄

4월에 모건종種 말이 짝짓기를 했어. 난 밖으로 쫓겨났지.
기다리는 동안 말들 울음소리가 들렸고,
남자들 웃음소리도 들렸어.

나중에 종마 주인이
나를 찾아와서 말했어, "끝났다.
네 아빠에게 나한테 50달러 줘야 한다고 말해라."

나는 우리 암말이 떠날 준비가 되었을 때
말을 타고 집으로 돌아가며, 말이 원하는 곳 어디에서나
그 커다란 이빨로 마구 풀을 뜯게 해주었지.

봄의 들판에서.

딸기 달*

1.

나의 이모할머니 엘리자베스 포춘은
쥐엄나무 아래 서 있었고,
그녀와 젊은 남자 위로 흰 달이 떠 있었지.
꽃들이 흰 깃털처럼 떨어지고,
풀은 침대처럼 따스하고, 젊은 남자는
무수한 약속을 하고, 달의 얼굴은
흰 불 같았지.

나중에,
그 젊은 남자는 떠났다가 신부와 함께
돌아왔고,
엘리자베스는
다락방으로 올라갔지.

2.

여자 셋이 밤에 와서
피를 닦아내고,
시트를 태우고,
아기를 데려갔지.

아들이었나, 딸이었나?
아무도 기억을 못 하지.

3.

엘리자베스 포춘은 그 후 모습을 보이지 않았지,
사십 년간.

다락방으로 식사를 올려주고,
세탁물을 주고받았지.

마을 사람들에게
수치스러운 모습을 보이는 것보단
그게 더 올바른 방법으로 여겨졌지.

4.

마침내, 다락방 아래 사람들이
하나씩 죽거나 떠나자,
그녀는 다락방에서 내려와야 했고,
그렇게 했지.

그녀는 예순한 살에 하숙인들을 들였지,

그들을 위해 설거지를 하고
침구 정리를 하며,
꼭 필요한 말만 하고
침묵했지.

5.

내가 엄마에게 물었지.
그 남자는 어떻게 됐어요? 엄마가 대답했지.
아무 일 없었다.
자식 셋을 두었어.
그는 조선소에서 일했지.

내가 엄마에게 물었지. 두 사람은 다시 만난 적 있어요?
아니라고 엄마는 대답했지,
그 남자가 가끔
집으로 찾아오긴 했지만.
엘리자베스는, 물론, 다락방에서 내려오지 않았지.

6.

이제 담배 연기 가득한 방에
모인 여자들,
정치인들처럼 거칠고,
무명 권투선수처럼 호전적이지.
만일, 가끔,

흰 달이 떠오를 때,
여자들이 날을 세우고 덤벼든다면,
그게 놀라운 일일까?

* Strawberry Moon, 아메리칸인디언들이 딸기 수확 철인 유월에 뜨는 보름달에 붙인 이름.

트루로 곰

트루로 숲에 곰이 살아.

사람들이 곰을 보았지—서너 마리,

혹은 두 마리, 혹은 한 마리. 나는

검은 물 고인 트루로 연못들 주위

울창한 숲을 생각하지,

블루베리밭과 블랙베리 덩굴,

크랜베리 늪을 생각하지. 내가

거친 산비탈에서 바라보는 모든 것들의

그림자들이 어깨를 키워가는 사이,

초승달 뜨고 낯익은 별들이 박힌 하늘은,

새로운 천국처럼 불타오르지.

숲에 사는 짐승은

도로와 집들을 피하는 법을 배우며

영리하게, 조용히 숲속을 돌아다녀야 하고

행운도 따라야겠지. 상식은 이렇게 속삭이지.

진짜 곰일 리가 없어, 분명

집 나간 개일 거야. 하지만 씨앗은

심어졌고, 행복이

꼭 무슨 대단한 증거가 있어야

그 초록 잎 빛깔 호흡을 시작했나?

왕국에 들어가니

까마귀들이 나를 봐.
까마귀들은 초록 나무
꼭대기 가지에 앉아
윤기 흐르는 모가지를 길게 빼지.
왕국으로 들어가는 나는,
위험한 존재일 수도 있지.

내 평생의 꿈은
느리게 흐르는 강가에 누워
나무들 속 빛을 바라보는 것—
잠시 동안 그저
주목하는 풍요로운 렌즈 되어
무언가를 배우는 것.

하지만 까마귀들이 나와 태양 사이에서
깃털을 부풀리고 울어대서,
이제 떠나야만 하지.
까마귀들은 나의 실체를 아는 거야.

꿈꾸는 존재가 아니고,

나뭇잎을 먹지 않는다는 걸.

수사슴 달*—곤충 도감을 보면

북미에는 8만 8600종의 곤충들이
살고 있다더군. 우리 주위의 나무들에,
풀들에. 어쩌면 그보다 많을지도 몰라,
에이커당 수백만 종이 사는지도 몰라. 여기뿐 아니라
어느 곳이든. 당신이 황혼 녘에 서 있는 곳.
달이 동쪽 하늘을 기어오르는 것처럼
보이는 곳. 바람이 나무들 사이로 여행하는 곳,
개구리들이 검은 연못에서 만족스럽게 사는 곳,
만족스러우니까 노래하는 것 아닐까? 당신이
강물처럼 당신 안으로 흘러드는
힘을 느끼는 곳. 당신이 풀밭에 누워
그 달콤한 꿀과 같은 향기를 마시고
별을 세는 곳, 당신이 자꾸만, 자꾸만
되풀이되는 단순한 화음에 귀 기울이다가
잠드는 곳. 당신이 쉬면서

* Buck Moon, 아메리칸인디언들이 수사슴 뿔이 새로 자라기 시작하는 칠월에
뜨는 보름달에 붙인 이름.

곤충들 검은 날개의

완전함과 솟구침, 행복을 느끼는 곳.

꿈

비가 그치면
나는 숲으로 가.
오솔길은 늪이 되고, 나무에선 아직 빗방울이 뚝뚝 떨어지지.
그리고 개울!
지난주까지만 해도 새처럼 노래하며
이끼 낀 돌들 휘돌아
평온하게 흘렀는데,

이제 물이 불어 진흙과 야망 싣고 돌진하지.
이번 주에 내린 비에 발광한 듯
김을 뿜으며 내달리지,
새로운 땅,
배에서 쓰는 밧줄처럼 두툼한 덩굴들이 뒤엉키고,
양치식물이 나무처럼 높이 자라는 곳,
그곳에서의 새 삶을, 예감하고―갈구하지!

그 광경을 보니 떠오르는 게 있어, 다른 여행자들―
오래전 행복한 삶을 찾아

271

서부로 떠났다가
콜로라도에서 실종된 두 종조부.
내겐 그들 사진이 있는데, 둘 다 웃고 있지,
젊고 튼튼한 걸 기뻐하며.
하지만 여행하다 보면, 어떤 모퉁이에서
꿈이 종말을 맞이하게 될지,
그다음엔 어떤 일이 일어날지 알 수가 없어.

오래된 이야기지.
그런데도, 길들여진 개울이 날뛰는 광경을 보고 있노라면
내 가슴도 덩달아 빠른 발굽처럼 고동치지.
나는 자랑스러운 마음으로
희망과 비전 안고 서부로 간 종조부를 생각해,
그들은 짐승처럼 건강해지고, 그들이 꿈 꾼대로
부자가 되었을 거야,
어느 모퉁이 돌아
낙엽 덮인 두 개의 무덤이 되기 전에.

등불

당신은 여덟 시엔, 늦어도,
등불 밝히지,

커다란 창가에 큰 등,
책상 위에 작은 등.

어둠을 비추기 위해서는 아니지—
바깥 모래밭과 곤봉참나무, 크랜베리엔

아직 황혼이 머물고 있으니까.
작은 새들도 아직은

먹이를 찾아 돌아다니는 여우가 닿지 못하는 곳에서
잠자리에 들지 않았으니까. 아니,

당신이 등불을 밝히는 건
작은 집에 홀로 있기 때문이지,

바직거리며 금빛으로 타오르는 심지는
재미난 이야기들을 갖고 온 두 손님 같고,

그들이 부드러운 목소리로 천천히 이야기하는 사이,
바깥 공기는 거친 입자의 푸른빛으로

조용히 변해가겠지.
당신은 이대로 영원하기를 바라겠지만—

물론 어둠은 약속을 지키지.
저녁마다

불가사의의 존재, 모든 문밖에서
마지막을 말하지.

뼈의 시

올빼미가 식사를 마친
나무 아래 남은 쓰레기—

쥐의 뼈 파편, 갈매기의 잔해—
젖은 낙엽 속에 파묻히지,

시간이 느린 수저를 들고 앉는 곳,
우리가 하나 되고, 수광년 떨어진

태동이
구원하고 유지하는 곳. 오 신성한

단백질, 오 거룩한 석회,
오 소중한 흙!

나무 밑에 버려진
부서진 뼈들

올빼미가 가장 최근에 벌인 잔치의 잔해,
난파선처럼 기울어, 중심으로의

긴 회귀 시작하지—
침투, 흐름,

형평. 조만간
희미하게 빛나는 낙엽들 속에서

쥐는 날기를 배우고, 올빼미는
먹이가 되겠지.

잎사귀 이모

하나 필요해서, 내가 지어냈지—
히커리 나무처럼 검은 증조할머니뻘 이모,
반짝이는 잎, 흘러가는 구름,
밤의 아름다움이라고도 불리지.

잎들에 대고, 이모, 하고 부르면,
이모는 웅덩이 속 해묵은 통나무처럼 일어나
우리 둘만이 아는 언어로 속삭이지,
그 말의 뜻은 따라와,

그리고 우리
새들처럼 흥겹게 여행하지,
먼지 낀 도시 떠나 숲으로,
거기에서 이모는 우리를 더 빠른 것들로 바꾸지—
검은 발 달린 여우 두 마리,
초록 리본 같은 뱀 두 마리,
아른거리는 물고기 두 마리—
그렇게 우리는 종일 여행하지.

날이 저물면 이모는 나를 집 앞에 데려다놓지,
나의 가족이 있는 곳,
다정하지만 나무처럼 단단하고
여간해서는 배회하지 않는 그들. 반면에
늙고 뒤틀린 깃털, 자작나무 껍질인 이모는
비처럼 먼 길을 둘러 걷다가
돌아오곤 하지,

펄럭이는 나방의 날개 위에
황혼의 넝마 조각 흩뿌리며,

회색 주머니쥐처럼 웅크리고 헛간에서 나오기도 하고,
희부연 달빛 속에서
메달처럼 빛나기도 하지,

뼈의 꿈,
내가 가져야만 했던 친구,
잎으로 만들어진 늙은 여인.

사냥꾼의 달*—곰을 먹으며

좋은 친구여,

기나긴 오후로군.

들판의 소나무들 그림자는 푸른빛을 띠고 있어.

너를 발견하면,

나는 세상을 뒤집어놓겠지.

네 주위 바위들이 녹아내리고,

네 심장은 몸에서 떨어지겠지.

　　　그리고 난 들판으로 나서겠지,

좋은 친구여,

내가 칼끝에 네 생명 한 조각 꽂고

불의 칼날 옆에 웅크리고 앉을 때,

나는 바큇살처럼 중심을 향해 기울겠지—

우리들 모두인 고밀도의 구체.

오므린 손 같은 나의 몸

그리고 나는 널 입에 넣겠지, 그래.
그리고 삼키겠지, 그래.
그리하여. 너는 내 안에서 살게 되겠지.
근육, 분홍빛 지방 안에 숨겨진
달콤한 잎들, 적갈색 살.

너의 엄청난 힘, 너의 우아함,

좋은 친구여,
지는 해가 하루의 끝을 알리면,
네가 더 이상 볼 수 없는

너의 숨결, 너의 무성한 털,

내 주위 소나무들은
일그러지며 작아지고, 그 그림자들
몸을 길게 뻗겠지, 여전히

내 기도의 작은 힘줄들 속에 품고서.

보이지 않는 중심을 향하여.

* Hunter's Moon, 아메리칸인디언들이 시월에 뜨는 보름달에 붙인 이름.

마지막 날들

모든 것들이
  변해가지, 모든 것들이
    긴 오후의
      푸른 소매 속으로
        빙그르르, 툭 날아들기 시작하지.
모든 것들이 물러지며 끓어올라
  물질과 빛깔로 돌아가는 사이,
풀들이 소멸된 입으로
  우우 휘파람 불지. 모두가
    자신의 매력을 잊으며, 속삭이지.
      나도 망각을 사랑해, 거기엔
        또 한 번의 기회가 있잖아. 지금이야,
동그랗게 말린 밝은 잎들이 속살거리지. 지금이야!
  바람의 근육이 윙윙거리지.

검은호두나무

어머니와 나는 의논하지.
우린
검은호두나무를
벌목꾼에게 팔고
대출금을 갚을 수 있어.
어차피 폭풍이 휘몰아치면
그 검은 가지들이
집을 박살낼 수도 있지.
고난의 시기에 현명해지고픈
우리 두 여자,
천천히 이야기하지.
지하실 배수관을 막은 뿌리에 대해
내가 말하고, 어머니는
잎들이 해마다
무성해지고, 열매
치우기도 갈수록 힘들다고 대답하지.
하지만 돈보다 밝은 것이
우리 핏속을 흐르고 있지—땅을 파고

씨를 뿌리고 싶게 하는

모종삽처럼 날카롭고 예리한 날.

그래서 우린 이야기를 나누지만,

아무것도 하지 않지. 그날 밤

난 보헤미아에서 온 조상들이

활기와 풍요 넘치는 오하이오의 푸른 들판을

잎들과 덩굴들, 과수원들로 채우는

꿈을 꾸지.

어머니와 나 둘 다 아는 건,

우리가 우리 자신과 조상들의 뒷마당에

빈자리를 만들어놓으면

수치심을 견딜 수 없으리란 것.

그래서 검은호두나무는

또 한 해를

햇살과 날뛰는 바람 속에서

잎들과 튀어 오르는 열매 맺으며 흔들리고,

다달이, 대출금의

채찍질.

늘대 달*

지금은
굶주린 쥐들,
추운 토끼들,
야윈 올빼미들
잎 없는 길에서,
바늘 달린 어둠 속에서
램프 눈 달고 웅크리는 계절,
지금은
안달 난 여우
이른 아침의
푸른 골짜기에서
마을로 내려오는 계절,
지금은
무쇠 같은 강들,
핏빛 교차로들,
펄럭이는 바람들의 계절,
새들은
잡초 텐트 속에서 얼어붙고,

새들의 음악은 힘을 잃고
돌 같은 하늘 향해
연기처럼 날려가지,
지금은
칼 벨트 차고
검은 눈신 신은
사냥꾼 죽음의 계절,
그는 세상의
기름기를 없애러 온 존재,
그의 잿빛 그림자들
나가서 달리지—
달과 소나무들 아래로,
눈 덮인 오솔길 따라,
붉은 채찍의 음악,
망치처럼 날랜 발소리,
오두막에서 오두막으로,
침대에서 침대로,
꿈꾸는 이에게서 꿈꾸는 이에게로.

* Wolf Moon, 아메리칸인디언들이 일월에 뜨는 보름달에 붙인 이름.

밤의 여행자

그냥 지나쳐 가면, 그는 아무라도 될 수 있지,
도둑, 방문판매원, 혹은
우환 있는 집으로 왕진 가는 의사.
하지만 그가 당신의 집 문 앞에,
당신이 반쯤 잠든 방 아래에 멈춘다면,
그는 그냥 아무나가 아니지—
그는 밤의 여행자.

당신은 창턱에 팔을 얹고
아래를 내려다보지. 하지만 당신이 볼 수 있는 건
그에게 붙어 있는 황야의 쪼가리들뿐—
잔가지들, 흙과 잎들,
덩굴과 꽃들. 그 속에서
그의 눈빛이 느껴지고, 그의 두 손이
무언가를 들어 올리지.

그가 당신에게 가져온 선물, 하지만 그것은 이름이 없지.
그것은 바람 같고 털로 덮여 있지.

그가 달빛 속에서 들어 올리면 그것은 노래하지,

갓 태어난 짐승처럼,

크리스마스의 아이처럼,

사랑의 초록빛 침대에서 뒹구는

당신 자신의 마음처럼.

당신은 그걸 받고, 그는 떠나지.

밤새―당신이 원한다면 평생이라도―

그것은 당신 얼굴에 그 차가운 코 부비겠지,

조그만 흰색 늑대처럼.

당신이 손에 감싸 쥘 수 있겠지,

단단한 푸른색 돌처럼.

녹아서 시원한 물웅덩이 되어,

당신이 뛰어들면

이끼 낀 입처럼 당신을 담겠지.

빛으로 목욕하기. 하나의 응답.

뼈들이 내 몸 깊숙한 곳에서 속삭이는 소리가 들려,

오, 방금 일어난

그 아름다운 일은 뭐지?

엘지 이모의 밤의 음악

1.

엘지 이모가
밤에 노랫소리를 듣고
내게 나무들 아래로 나가
찾아보라고 하네.
나는 어둠 속에 서서 아무것도 듣지 못하지―
적어도 이모가 들은 소리는 들리지 않아―
윌리엄 이모부가 또다시
아일랜드 자장가를 부른다는 거야.
나는 잠시 서 있다가, 돌아서서 집으로 들어가지.
윌리엄 이모부는 오래전에 죽었으니까.

2.

나는 계단을 오르며, 이모에게 뭐라고 말할까 생각하지.
"새 한 마리가 달빛 아래 날개를 펼치는 걸 봤어요."
"풀 위에 흔적이 있었어요―어쩌면 발자국인지도

몰라요."
"다음엔 더 빨리 움직일게요."

3.

이모는 나뭇잎처럼 주름이 졌지,
당신이 부적 삼아 주머니에 넣고 다니며
주물럭거리는 나뭇잎.
이모는 너무 늙어서 가망이 없지.
이모는 노망이 들어
망상이 끝이 없지.
낯선 사람들이 자신의 집을 차지했다느니,
부엌을 빼앗았다느니,
자신을 차가운 침대에 눕혔다느니.

4.

지금은 여름. 노랫소리가 다급해져가고 있어.
일주일에 두 번, 어떤 때는 그 이상,
나는 자다가 불려 나가 밤의 어둠 속을 걸으며
죽음을 생각하지.

나는 묘지에 가봤지.
묘비에 새겨진
윌리엄 이모부 이름을 보았지.

나는 손전등을 끄고서
나무들 아래 어둠 속에서 나와
침실로 가지. 엘지 이모는 기다리고 있지.
나는 그 분홍빛 귀에 몸을 가까이 기울이지.

5.

어쩌면 이게 사랑인지도 몰라,
내 평생, 늘 그럴 거야.

속삭임으로,
나는 이모에게 한 가닥 희망을 주지,

고통을 견뎌낼 수 있도록.

농촌

나는 칼을 갈고,
묵직한 앞치마를 입었어.

어쩌면 당신은 삶이,
푸른색 버들 무늬 그릇에 담긴 닭고기 수프라고 생각할지도
몰라.

나는 장화를 신고서
부엌문을 열고 햇살 속으로

나갔어. 잔디밭을 건너,
닭장으로

들어갔어.

개울

물이 줄어든 여름 개울들,
초원을 지나, 나무숲 사이로 흐르지 않는다면
특별할 것 없지,
많고도 많은 개울들
몹시도 순수한 소리 내며
소용돌이쳐 흐르네,
나무들의 무릎, 낙엽,
도롱뇽들 사이 지나,
개울 바닥 조약돌
씻어주고 시원하게 식히며.

나 축축한 숲에서
히커리 나무에 기대앉아 몇 시간이고 귀 기울이네.
그 소리 잦아들 줄 모르네.
그 음악은 다른 소리들을 위한 선반.
새소리, 나뭇잎에 이는 바람 소리, 돌 구르는 소리.
얼마 후
나는 시간을 잊은 것처럼 세상을 잊네.

죽음, 사랑, 야망—큰 강물 속에서
펌프처럼 돌아가는 것들을 잊네.

                              내 마음
휴식 속에서 고요해져 거의 느껴지지도 않네.
사방으로 흐르는 작은 강들이
마음의 날을 무디게 만든 거지. 시원하게, 시원하게,
뼈 위로 흘러가며.

장미

꿈에서 본 그녀의 얼굴 표정이
종일 마음에 남았지,
지키지 못한 약속처럼.

내가 무슨 약속을 한 건 아냐—
그런 기억은 없어—
하지만 그녀 북쪽을 응시하고 있었지,

아무것도 살지 않고
우는 새들이 눈처럼, 흰 구름처럼 모여 있는 곳.
그녀가 서 있는 풀밭,

그리고 담장 위 무성한 장미들
부드럽고 밝았지, 스스로 거듭날 수 있었지,
여인은, 결국, 그럴 수 없지만.

시골의 겨울

시골의 공포는
쉬운 죽음이 아니지,
음악적인 땅을 무대로 사냥하는
매들의 하강도,

무성한 잎으로 가려진 굴에서의
부질없는 탄생도 아니지.
시골의 공포는
그 짧은 삶을 아무도 슬퍼하지 않는 것.

온갖 신기한 특징들,
힘찬 발굽과 날개 가진 짐승들,
겨울의 흰 손이
만물을 무로 돌리는 걸 지켜보며

울지도 따지지도 않지.
굶주린 짐승들은
더 나은 삶을 꿈꿀 줄 모르지.

조금씩 갉아 먹으며, 사라져가지.

시골의 공포는
먹이와 매가 함께,
둘 다 기진맥진한 채
날씨의 푸른 자루 속을 날고 있다는 것.

가족

숲의 검은 것들
힘자랑하며
굴에서 나오지.

과수원을 훑고,
우리의 노란 방 주위
풀의 바다 갉아 먹으며,

우리가 무얼 하고 있는지
그들이 아직 우리를 아는지 확인하려고
안을 들여다보는 법이 없지.

우린 그들 소리를 듣지, 듣는다고 생각하지.
달빛을 핥는 주둥이,
사과에 박힌 이빨.

우린 불에 장작 하나를 더 넣고,
턴테이블의 모차르트 다시 틀지.

그래도 여전히 방 안에

슬픔이 우리와 함께하지.
우리는 그 굴을 기억하지.
꿈에서 굴로 돌아가거나

그들이 우리를 찾아오지.
그들도 음악을 좋아하지.
우리는 함께 나뭇잎을 먹지.

그들은 우리의 형제.
우리가 도망쳐 나온
우리 가족.

얼음

나의 아버지는 생애 마지막 겨울을
타이어 안쪽 튜브와 고철을 가지고

신발 아이스그립 만드는 일에 바쳤지,
(신발 밑에 우툴두툴한 금속 부분이 위치하도록

끼워, 얼음이나 눈 위에서
미끄러질 염려 없이 걸어 다니게 해주는 장치지.)

아버진 외풍 심한 작업실에서
그런 정교한 작업을 해선

안 되는 거였지만, 마치
마음 한구석에서 여행을 예감한 듯

그 일을 멈추려 하지 않았지. 어머니가
그 장치를 썼고, 이모도, 사촌들도 썼지.

아버진 여남은 세트를 포장해서
내게 소포로 보냈지, 난 폭설에 시달리지 않는

매사추세츠에 사는데, 그리고 캘리포니아에 사는
내 여동생에게도 여남은 세트를 보냈지.

나중에 우리는 아버지가 이웃에도 나눠준 걸
알았지, 뺨이 시퍼렇게 언 채

집집마다 찾아다니는 노인.
아무도 거절하지 못한 건,

그 나눠줌이 하나의 부탁,
환영받고 쓸모 있는 존재이고픈 간청이었기 때문이겠지—

또 모르지, 검은 얼음길
홀로 나서고 싶지 않은 욕망의 씨앗이었는지도.

이제 집이 더 깔끔해진 것 같아. 반쯤 읽다 만
책들, 다시 책꽂이에 꽂고,

하다 만 일들 옆으로 치워두었지.

올봄에

어머니 편지가 왔어. 아버지 작업실을 치우고 있는데
아이스그림이

얼마나 많이 남아 있는지 몰라,
상자마다 여행 가방마다 가득해,

평생 써도 남을 거야.
어떻게 할까? 그리고 난

그 집에 홀로 있는 자신을 보지,
남은 건 어둡게 빛나는 얼음 절벽뿐,

먼 폭발의 느낌,
맹목적으로 외투를 찾는 나―

나는 답장을 쓰지. 어머니, 제발
다 간직해두세요.

조개 장수

그는 발을 질질 끌며 걷고, 얼굴은 희고 나른해 보이지.
어떤 사람들은 그가 미쳤다고 하지.
그는 온 동네 돌아다니며

조개를 팔아.
한번은 내가 곤히 자고 있는데 그가 유리창을 쾅쾅 두드려
나를 깨웠어. "조개 좀

살래요?" 그는 내가 아닌 내 뒤의 집 안을 들여다보며
소리쳤지.
"아뇨." 나는 수치스럽고
겁도 나서, 그가 어서 갔으면 했어.

그리고 그는 사라졌지,
들통을 쿵쿵 쳐서
껍질 속 작은 생물들 겁에 질리게 하며.

배에서 물을 퍼내며

오하이오에선 배가 아니라 말을 갖고 있었지.
그래서 우리가 하는 이야기는 온통 마구와 마구간,
말 털 빗겨주기와 똥 치우기,
열 식히기, 재갈 점검하기,
발굽 다듬기, 새로 태어난 망아지 눈 들여다보기뿐.

글쎄, 우린 변하지만, 많이 변하진 않아.

나는 배에서 물을 퍼낸 뒤, 장비를 신고
밧줄을 풀어 던지지.
엔진이 털털거리며 돌아가기 시작하지!

배는 아치 모양 목을 내밀고 물 위로 나가지.

까마귀

까마귀들은 하나의 난알에서 증식했지.
한 마리의 눈을 들여다보는 건
그들 모두를 보는 것.

까마귀들은 고속도로 변에서
축 늘어진 것들을 쪼아대지.
그들은 기품과는 거리가 멀지.

옥수수밭 너머로
검은 불 총알처럼,
지배자들처럼 날아가기도 하지.

까마귀는 까마귀다, 당신은 말하지.
달리 무슨 말을 할까?
옛 삶을 뒤로 하고

차를 몰고 어느 도로를 달리든,
기차나 비행기 타고

세상을 가로지르든,

죽어 다시 태어나든—
당신이 어디에 도착하든
그들이 먼저 거기 와 있을 거야,

반들거리고 소란스럽고
구분이 안 되는 까마귀들.
세상의 깊은 근육.

토끼

혼령이
떠나지 못하고 있어.
모두의 형제인 비도,
도움이 안 되지. 그리고 요즘
어디에서나 열 명의 미친 자매들처럼 불어대는
바람도 무엇 하나 할 수 없지. 오직 나만이,
불 같은 나의 손만이
토끼를 마지막 굴로 옮길 수 있지. 나는

며칠을 기다리고, 그 몸이 열리며
끓기 시작하지. 나는

달빛 속에서 껑충거리던 모습이 기억나
손을 댈 수가 없어,
토끼가 기적적으로 나아서
즐겁게
뛰어오르기를 바라지. 하지만 결국

나는 할 일을 하지. 삽으로 흙을 떠서
덮은 다음 날, 나는 근처 들판에서

작은 새의 둥지를 발견하지,
희끄무레한 은빛 털이 든 둥지,

그 포근한 토끼털 속에 새끼들이 있지―죽음이여, 듣고 있
는가?

제임스 라이트*를 위한 세 편의 시

1. 당신이 아프다는 소식을 듣고

당신이 아프다는 소식에
나는 부러진 뼈처럼
밖으로 나갔습니다.

초승달에게 당신 이름을 말했더니
달은 흰 날개
어둠에 기댔지만,
그 망설임 딛고 깊이 노 저어
계속 떠올랐습니다.

그다음 나는
그 무엇보다도 오하이오다운
검은 개울과 오리나무 숲으로 내려가
그들에게 말했습니다. 거기 올빼미 한 마리,
굶주림에 넌더리를 내면서도, 다른 게
될 수 없어서 여전히 그 몸에 갇혀 있었지요.

311

개울은
검은 바위들 위로 세차게 흘러내리고
오리나무들은
붉은 꽃 피우고 가쁜 숨 쉬었지요.

그다음 나는 봄 내음 향긋한 무성한 들판에 누웠습니다.
잡초들이 어둠 속에서 싹트고, 작은
생물체들이 바스락거리며, 순간순간
그들의 삶을 살고 있었지요.

나는 그들에게 당신 이야기를 하며 기분이 나아졌습니다.
그들은 고통이 무언지 알고, 당신에 대해서도 알지요,
그들 역시 나처럼
모든 걸, 그 굶주림, 그 흐름을
멈추고 싶은 심정이었겠지요.

하지만 그건 안 될 일—
그들 자신에게 맡겨진
노래와 근육

한 조각도 놓치지 않으면서
그저 당신을 사랑하고 당신이

하나의 돌로,
작고 빠른 오하이오의 개울로,

모든 것들의 아름다운 맥박으로
돌아오기를 기다릴 수밖에 없음을—
나 거기서 배웠지요, 그리하여 나

마침내 일어나, 당신의 가치에 걸맞은
슬픔 안고, 집으로 돌아갔습니다.

2. 오하이오의 이른 아침

때늦은 눈.
새하얀 아침에 기차들이
조차장에서 기적 울리며 요란하게
선로를 옮기고 있습니다.
기차들은 그 선로 타고
다시 시골로 굴러가서,
여기서 멀리 벗어나
어딘가 다른 곳에 가까워지겠지요.

나 1마일 밖에서, 집을 나서다, 그 소리 듣고
놀라, 걸음을 멈춥니다.

물론. 난 당신이 멈출 때
세상도 멈출 거라고 생각했었지요. 난 당신이 절대로
아프지 않을 거라고 생각했고, 만일 당신이 아프면,
오하이오도 무너질 거라고,
환한 헛간들

고통의 비탈로 무너질 거라고 생각했지요,
부서진 판자들, 구부러진 못들, 박살 난
유리들. 나의 늙은 개는

자신이 유한한 존재임을 아직 모르는 채
절룩거리며
잡초들 헤치고 뛰어가고, 난
개를 멈춰 세우지 않습니다.

난 당신이 한 말을
기억합니다.

그리고 지금 이 순간에도 투스카니 어딘가에서

작은 거미 한 마리 앞으로 나아가며,

그 비단 같은 거미줄, 아침 공기,

가능성들 시험하고 있을지도 모르지요,

어쩌면 심지어,

조그맣게 노래까지 부르면서요.

그리고 만일 기차들 기적 소리가 철사처럼

천천히 나를 뚫고 지나가면, 그럼, 난 아플 수 있겠지요 안

그런가요?

흰 들판이 타오르는 건지 내 눈에 눈물이 고인 건지, 아무튼

난 휘파람 불어 늙은 개 부르고 이윽고 개가 오면

반짝이는 눈밭에 무릎 꿇고서, 두 팔 내밀어

개를 끌어안습니다.

3. 장미

당신에게 빨간 장미 한 송이 보내려고 했는데,

축하의 냄새가 나서

보내지 않았습니다. 어쨌거나

버드나무가

봄마다 하는 일을
하는 때라, 오하이오의 검은 개울가에서
버드나무 가지를 꺾어
당신에게 보내려고 했는데,
이제
당신에게
무엇을 보내도
받을 수 없게 되었다는
소식이 왔습니다.

나는 전화를 끊고,
문득, 방바닥에 놓인
큰 상자를 보았다고 생각했습니다,
그다음에 내가 할 일은
그걸 집어 드는 것임을 알았지만,
그럴 수 있을지 알지 못했습니다.

그래요, 난 했습니다.
하지만 그걸
있는 그대로의 이름으로만 불러주길―안에서
노래하는 작은 새의 목소리, 아아,
그 노래, 그칠 줄 모르는 노래!

깊고

경이로운

평정 속에서

그칠 줄 모르는 새의 노래.

블랙워터 연못에서

밤새 비 내린 후 블랙워터 연못의 뒤척이던 물결이
잔잔해졌어.
나는 두 손으로 물을 뜨지. 그 물을
오랫동안 마시지. 물에서
돌과 나뭇잎, 불 맛이 나. 물은
내 몸속으로 차갑게 떨어져, 뼈들을 깨우지.
뼈들이 내 몸 깊숙한 곳에서 속삭이는 소리가 들려,
오, 방금 일어난
그 아름다운 일은 뭐지?

7

몇 마일을, 몇 밤을, 몇 년을 가야
모든 기대가 사라진 우리의 마음이,
아래에 펼쳐진 풍경의 의미를 읽게 될까?

해티 블룸

믿을 수 없는 여자였다, 할아버지가 말했어,

결국 그런 여자들이 하는 짓을 했지!

나는 문 뒤에서 엿들으며, 해티를 생각했지.

날개 같은 실크 옷을 잘잘 끌며 시내를 돌아다니던 그녀,

내겐 깃털 옷 입고 날아가는 밤의 새처럼

우아하고 창백해 보였지.

그녀가 우리 삼촌을 홀렸다는 것, 그건 나도 알았지.

삼촌은 다 큰 어른이었는데도, 울었지. 삼촌은 강한 남자였

는데도,

원하는 걸 얻지 못하는 고통을 배웠지.

그런 여자가 다 그렇지! 할아버지가 냉소하며 말했어.

믿지 못할 여자! 정신 차려라, 아들!

하지만 삼촌은 몇 달이 지나서야

세상으로 돌아왔고, 눈빛도 순해졌지.

그리고 몇 년이 지나서야 다시 사랑을 하게 됐지.

문에 귀 대고서

아들과 아버지가 그들의 여자들 이야기를 하는

무서운 세상을 엿듣는 작고 호기심 많은 아이였던 내가,
어찌 그런 결말들에 대해 생각할 수 있었겠어?

나는 전날 밤에 해티 블룸이 도망쳤다는 걸
알고 있었지, 그녀는 밤 기차 타고
한 줄기 바람처럼 사라졌고, 그녀의 향수 냄새
베일처럼 승강장에 남았지. 난 그녀가
어떤 삶을 살았는지 알았지만 그 사랑
이해할 수 있었지, 순한 삼촌을 열정에 불타게 하고,
짙게 화장한 여자를 황금으로 만들 수도 있었던 사랑.
삼촌이 슬퍼한 건,
미소 지으며 실크 날개 잘잘 끌고 다닌 꿈 때문이었지,
그리고 난 그게 사랑의 진실이라고 생각했지,
사실, 삼촌에게, 잃어버린 해티 블룸은
그처럼 완벽한 존재가 되었지.

교실의 봄

우린 메마른 책에 팔꿈치 올리고, 꿈꾸었지,

윌로 뱅스 선생님과 수업과 창문 너머,

   초록으로 변해가는 숲을,

그 비밀들과 늘어감을,

그 숨겨진 둥지들과 종류를

온종일 보며 순간순간 그 의미 헤아릴 수 있기를.

우리 마음을 뜨겁게 하는 건 책을 통한 배움이 아니라,

깊은 잠에서 꽃잎처럼 흩어지며 수런대는

해묵은 진흙탕 피.

그렇게 봄이 교실을 둘러싸면, 우리는 실내에 갇혀 있는 게

   고역이었지,

수업 시간 내내 수군거리고, 틈날 때마다

   잭나이프로

우리의 고동치는 머리글자 책상에 새기고,

윌로 뱅스 선생님에게, 안경 너머 두 눈은 돌 같고,

다리는 두껍고, 가슴은

연필과 산수를 사랑하는 그 여자에게,

무자비하게, 이치에 어긋나게

그렇게 붙들려 있는 것에 점점 더 화가 났지.

그렇게 시간은 흘러갔지—눈부시게 아름다운 날들
스러져갔지,
우리가 포로들처럼 교실에 앉아 분필 가루 마시는 사이
세상 가장자리에서 나뭇잎은 무성해지고 새들은 울었지—
그래서 우리의 증오는 커져갔고,
반란을, 심지어 살해 음모까지 꾸밀 지경이 되었지.
오, 우린 나가고 싶은 갈망에 그 여자를 쇠사슬에 묶었지,
우린 그 여자를 목매달아 죽였지!
그러던 어느 날, 윌로 뱅스 선생님, 우린 당신을 보았어,
우리가 세 시에 풀려나 신나게 달려가다
버려진 그네들 옆을 지나는데, 당신이
솜털 덮인 꽃 같은 모습으로
낡은 벽돌담에 기대 있는 게 보였지,
미술 선생님 품에 안겨서.

알렉스

말 돌보는 알렉스, 어디 있지?
아무도 몰라.
그는 일 년 내내 무너진 헛간에서 살았지,
건조한 여름엔 처마 위에서 지냈지.
이제 그는 떠났지만, 그 누가
헝클어진 수염 단 알렉스를 위해 슬퍼할까?
꾀죄죄한 노인,
한번은 녹슨 총 흔들어대며
우리 오빠를 쫓아왔지,
돈과 술에
굶주린 눈을 하고서.

지난주에 공무원들이
반짝거리는 트럭을 타고 와서
그의 낡은 헛간을 해체했어,
마지막 남은 말은 팔려가고,
그는 어디에도 없었지.
글쎄, 어쩌면 정신병원에 갔는지도 몰라,

어쩌면 술에 취해
마을 끝자락 잡초밭에 큰대자로 뻗어
말들과 가죽 꿈을 꾸며
자고 있는지도 모르고.

어쩌면, 운이 좋으면, 죽었을지도 몰라.

인디언에 대해 배우기

그는 깃털 옷 입고, 코에 색칠하고 춤을 추었지.
쿵, 쿵, 북소리 울리면, 우리의 피 끓어오르고,
묘한 진동이 마음을 흔들었지.
흰 독수리, 그는 그렇게 불렸지, 미스터 화이트라고도 했고.

이제 그는 돈을 위해 뛰었지, 오하이오 평원에 세워진,
우리 모두의 조상들—우리보다는 그의 조상들이 더 많지
만—
무덤으로 둘러싸인 교실들에서.
선생님들은 그걸 과외활동이라고 불렀지.

우린 그걸 재미라고 불렀지.
그리고 초라한 영업 사원 복장으로 갈아입은
미스터 화이트, 북들을 챙겨서 차에 올라
운동장에 타이어의 비명 소리 남기고 밤을 향해 떠난 그는,
그걸 아무것도 아니라고 불렀지.

야간 비행

3만 피트 상공을 날다 보면, 우린
아직 야생의 땅이 얼마나 많이 남아 있는지 보지,
종점들이 기적처럼 나타나
어둠으로 마비된 세상에
빛을 밝힐 때까지.

착륙을 위해 좌석 안전벨트를 매고
나는 생각하지, 기적이든 사고든
우리를 더 높이 날게 해준다면,
몇 마일을, 몇 밤을, 몇 년을 가야
거대한 자아가 희미해져가는 우리의 정신이,
모든 기대가 사라진 우리의 마음이,
아래에 펼쳐진 풍경의 의미를 읽게 될까?

하지만 벌써 사랑하는 사람들이
환영의 돔 지붕 아래 모여들고, 우린
마지막 솟은 산 넘고,
불빛 속에 뒤엉킨 교외 지역을 지나,

다시 한번 부드럽게 땅에 내려

현실의 강력한 지배하에서 일어나지—

저 위, 공정한 어둠 속에 홀로 있을 때

잠시 우리를 더 지혜롭게 만들었던 모든 생각들,

비행기에서 내리며 자연스럽게 버리지.

앤

그 딸은 화가 났어, 그래서 난
그녀가 어떻게 할지 궁금하지.
하지만 그녀 얌전히 찻잔 들고
조금씩 마시며, 다른 사람들이 하는 것처럼,
이따금 비와 해 이야기를 하지,
그리하여 내 가슴 떨리기 시작하지—
그리하여 내가 겁에 질리지.
오 앤, 다정한 앤, 용감한 앤,
나는 무얼 볼 거라고 생각했을까?
마을에 떠도는 소문들이
너를 잔인하게 난도질했지.
난 네가 분노에 차서
치마에 칼을 품고 찾아오리라 생각했어.
그토록 평화롭고, 그토록 상처받은 얼굴을
보게 될 줄은 몰랐지.
너의 가벼운 찡그림에 고통이 숨어 있음을
나는 알아,
네가 천천히 찻잔 들 때,

그리고 내려놓을 때,

내 마음에는 거친 파도가 일어, 앤,

내 마음에는 거친 파도가 일어.

나는 수많은 아이들을 알지만,

그토록 깊이 고통을 숨기거나,

사람들을 기쁘게 해주려는 마음이 그토록 강하거나,

작은 예의들을 그토록 필사적으로 지키는 아이는

본 적이 없어.

해답

만일 내가 누군가를 부러워한다면
그 사람은 오래전 초록빛 여름의
내 할머니, 부엌과 과수원 사이를
무지한 작은 발로 바지런히 오가며
그 열성적인 손으로
빛나는 과일들을 쉽게도 따던 할머니.

그 여름에 나도 바지런을 떨었지,
책들과 음악과 순환의 철학에 눈 떴지.
난 부엌에 앉아 무수한 해답들을 들여다보았지,
나무들의 신비를 풀 수 없는 해답들.

할머니는 주전자들과 국자들 사이에 서 계셨지.
환한 미소 지으며, 문법에 맞지 않는 말로,
넌 복이 많다, 꼭 훌륭한 사람이 되거라 하셨지.
그래서 난 할머니를 기쁘게 해드리려고 공부했지―
그 풍요의 해에 온갖 과일들을 따서
조리고 식혀서 이름표를 붙인 할머니를 난 늘 기억할 거야.

에스키모에겐 '전쟁'이라는 말이 없지

그들에게 그걸 설명하려고 해봐야
우스꽝스럽고 저속해지는 기분만 들지.
흰 그릇 엎어놓은 듯한 그들의 집,
해동과 밤낮의 급격한 변화들을
견딘 아주 오래된
눈의 대평원에 자리 잡고 있지.
그들은 정중히 들어주다가,

창과 썰매와 짖는 개와 함께
사냥을 나가지. 여자들은
몇 시간을 기다려야 한다는 걸,
사냥꾼의 행운은 늑장을 부릴 때가 많다는 걸 알기에
가죽을 씹거나 노래를 부르며 기다리지.

나중에, 김 모락모락 피어오르는 솥에서
뼈가 끓고 있는 불가로, 그들은 나를,
먼 친척, 피부색 흰 형제를 맞이하여,
고난의 땅에서 배고픈 시기에

그들이 가진 걸 나눠주지. 내가

남쪽 왕국들과 대포와 군대와

변하는 동맹들, 비행기, 권력에 대해 이야기하는 동안

그들은 뼈를 씹으며 서로에게 미소 보내지.

마주침

오솔길에서 작은 갈색 쥐 한 마리
집어 들어 손에 쥐었지.
쥐는 이제 말이 없고,
달릴 때의 경쾌한 발놀림도 멈추었지.
몸은 싸늘하고, 아직 굳진 않았지만, 늘어져 있지.
그 쥐가 돌멩이라도 되듯
나는 쥐를 던져버리고,
쥐는 그늘진 숲으로 사라지지,
낙엽이 비처럼 내리는
한 해가 거의 끝나가는 숲.
"불쌍한 것," 난 그렇게 말할 수도 있지만,
그런 말이 무슨 소용이랴.
그의 몸속 시계가 멈춘 거지.
장례식으로,
벌써 낙엽들이 소용돌이치며 돌고,
바람이 고별사를 했지.

마젤란

마젤란처럼, 우리, 집에서 멀리 떨어진 익숙하지
않은 곳에서, 죽음을 맞이할, 우리의 섬을
발견하자. 우리 안락 속에서 절망하며 스러지지 않도록
가장 거친 야생의 땅에 도전하자.

오랜 세월, 우리, 사람들 많이 다니는 길에서 아등바등 살며,
밤으로 가는 배들의 꿈을 꾸었지.
영웅이 되자, 그럴 재목이 못 된다면,
기필코, 추종할 만한 사람을 찾아내자.

답을 찾아가는 것이 삶이니까.
성장을 거부하는 건 죽음이니까.
마젤란에겐 추구할 꿈이 있었지.
바다는 크고, 그의 배들은 서툴고, 느렸지.

열병이 그를 놓아주려 하지 않을 때, 얼마 남지 않은
선원들에게 그는 외쳤지, "전진, 계속 전진!"

그들은 부서지기 쉬운 꿈 안고 고향을 향해 나아갔지.

그래서 마젤란은 아직 살고 있어, 그때 죽었지만.

월든에 가기

고속도로로 가면 아주 멀진 않아.
그곳의 거친 소나무들과 돌들, 맑은 물을 보고
해 지기 전에 돌아올 수 있을 거야.
친구들은 그러면 내가 더 현명해질 거라고 말하지.
그들은 머나먼 양키*의 속삭임을 듣지 않아:
여기저기 바삐 뛰어다니다 보면 우리는 얼마나 둔해지는가!

많은 사람들이 떠났고, 시원한 시골에서의 하루를
그리워만 하는 나를 바보 같다고 생각하지.
그럴지도 몰라. 하지만 내가 소중히 여기는 책에서
월든에 가는 건 단순한 초록 나들이처럼 간단한 일은
아니지. 그건 느리고 힘든 삶의 비결이고,
자신이 있는 곳에서 월든을 발견하는 것이지.

---

* Yankee, 미국에서 북부, 특히 뉴잉글랜드 지역 사람을 지칭하는 말. 여기서는
『월든』의 저자 헨리 데이비드 소로를 의미한다.

리버 스틱스*, 오하이오

우린 시월을 헤치고 달렸지, 할머닌 소들을 가리키고,
이중초점안경을 쓴 어머닌 눈을 가늘게 뜨고 지도를 보며
교차로를 찾았지.
어쩌다 보니 리버 스틱스로 갔어.

죽은 나뭇잎들이 흉한 레이스처럼 펄럭이며
빈 건물들 지나 갈색 산비탈로 떨어졌지.
우린 차를 세우고 들판을 돌아다녔어,
세 여자가 무심한 공간에서 잠시 쉬었지.

소들이 개울에서 물을 마시다가 비틀거리며 달아났어.
그곳에 이름을 붙인 사람이 누군지는 몰라도
요란한 팡파르도 없이 곧바로 고난을 겪으며 교훈을 얻었겠지.
양쪽에 파산한 농장들이 바람에 흔들리고 있었어.

우리는 마법을 바라고, 신비는 남지.
우리는 자유를 찾지만, 한계는 정해졌지.
그곳엔 묘지가 있었지만, 사람은 볼 수 없었어.

우리는 차로 돌아갔지.

관절염과 시간과 모호해진 계절들로 희미해진
할머니는 다시 뒷좌석에 차분히 앉아,
소들을 세었지. 어머니는 굳어져가는 손가락으로
우리를 집으로 데려다줄 지도 위 도로들을 짚었지.
운전대를 꽉 잡은 나는, 첫 격통을 느꼈어.

* River Styx, Ohio, 오하이오주에 있는 비자치지역. '리버 스틱스'라는 명칭은 그리스신화 속 저승의 강 이름에서 따왔다.

8

내 말은, 사랑이 없다면,
모든 뉴스가 먼 나라 일이라는 거지.

여행하지 않고

일찍 깨어보니, 새들이 찾아와
늘 한결같은 나무들에서 노래하고 있어.
봄이 펼쳐지는 동안, 나 열린 창가의 간이침대에
고갈된 땅처럼 누워 있지.

내가 기억하는 여행자들 중에,
지도와 함께 슬픔 안고 배에 오르지 않은 이 누굴까?
이제 사람들은 어딘가로 가는 게 아니라, 죽음이
시작되어야만 자신이 있던 곳에서 떠나는 것 같아.

나로 말하자면, 나의 부족한 삶은
먼 곳의 신기함이나 눈속임을 애원하지 않지,
아직 이 무너진 도시의 주민인 나,
어디에서, 어떤 나라에서, 이 생각들 내려놓을 수 있을까?

나는 열린 창가의 간이침대에 누워 기억에 잠기고,
나무의 새들은 시간의 순환을 노래하지.
죽음은 계속 진행되고, 나, 가능하다면,

떠나기 전에 재난의 유산을 받게 되기를.

오, 항구를 떠나는 거대한 배들을 보러 가면,
내 상처들 조바심에 날뛰지만, 난 돌아가지,
집에서 울고 있는 잔해들 정리하러,
난 오로지 집에서만 사실과 화해하게 되겠지.

집

우리는 몇 번의 삶을
사랑의 마법에 걸려 살았기에,
우리가 하고 싶은 일을 모두 하기 위해
기나긴 세월
늘 달려야만 했기에,
우리의 삶 아래에서 낡은 벽들이 무너지고
토대가 어둠 속에서 흔들리는 소리를
듣지 못했지.
처마 위 풀들이 꽃을 피우고,
나뭇가지들이 문을 긁고,
빗물이 집 안으로 들이칠 때,
우리는 임시로 간단한 수리를 하고,
무너져가는 계단에서 노래하거나
비에 젖은 바닥에서 춤을 추었지.
오랜 세월 우린 평화롭게 살다가,
방들이 시간에 섞여 들기 시작하면서,
하나하나 비어가자,
담담해진 마음으로

더 이상 아무것도 할 수 없음을 알고
일어나서 떠나갔지,
숨과 사랑의 계승자들,
어떤 자식도 고치거나 팔아치울 수 없는
그 최후의 검은 유산에 매여 있지.

스노벨트[*] 너머

지역방송 아나운서들이
겨울의 두개골에서 늘 일어나는
재난들을 어두운 시 읊듯 하나씩 전하지.
하지만 다시금 폭설은 지나가고,
눈이 적당히, 아름답게 쌓이면
아이들은 환호하며 다시 놀러 나오고,
목도리 두른 미소 짓는 시민들은 다시금
긍지와 환영의 길에 쌓인 눈을 치우지.

우리가 달리 무얼 할 수 있을까? 솔직하게 말해보지.
북쪽 두 카운티에서는 폭설이 인명을 앗아갔는데.
북쪽 두 카운티는, 우리에게, 먼 곳이지,—
나무들의 땅, 지도 위의 날개,
가본 적 없는 야생의 땅,—그리하여 우리
먼 죽음을 쉽게 잊지.

우리 얼어붙은 마당에 평온하게 서서
완만한 흰 언덕 달리는 우리의 아이들 지켜보지.

이것이 우리가 이해하는 풍경,—

세상의 이치가 굳건히 뿌리내리고 있는데,

몇 가지 사례들이 우리의 평온을 흔들 수 있을까?

그게 잘못이 아니라는 말은 아냐.

내 말은, 사랑이 없다면,

모든 뉴스가 먼 나라 일이라는 거지.

* Snow Belt, 미국 북부의 눈이 많이 내리는 지역.

고향에서 온 편지

그녀가 보내온 편지에 담긴
어치들과 서리, 별들, 그리고
시달린 언덕들 위에 걸린 추수철 보름달 소식.
그녀는 가볍게 추위와 고통을 이야기하고,
이미 잃어버린 것들을 나열하고 있지.
이곳에서 힘들고 느린 삶을 살아가는 나,
문 옆에 쌓인 반짝이는 멜론, 그리고 바구니 가득 담긴
회향, 로즈마리, 딜,
그녀가 수확하지 못했거나 잎사귀에 숨어 있다가
검게 변해서 떨어지는 열매들에 대해 읽지.
이곳에서 힘들고 이상한 삶을 살아가는 나,
별들이 떠오르고, 서리가 내리고, 어치들이 노래할 때
그녀가 느끼는 뜨거운 감동에 대해 읽지.
실패의 해에도 그녀의 회전춤* 추는 현명한 마음
변함이 없지,—
그녀는 사람들이 늘 자신의 삶을 살
계획을 세우지만, 그러지 못한다는 걸 아니까.
그녀는 설령 운다고 해도 내게 말하지 않겠지.

나 그녀의 이름 옆 엑스 자들을** 어루만지고,

편지를 접으며 일어나

봉투를 기울이면, 거기서

보리지, 인동덩굴, 운향풀 부스러기들 떨어지지.

---

* 페르시아 신비주의 시인 루미가 만든 명상춤으로, 지구 회전 방향인 왼쪽으로
계속 돌면서 신과의 합일을 추구한다.

** XX: 편지 끝에 이름과 함께 적는 글자로 '키스를 보내며'라는 뜻.

나무들 꿈

나무들과 조용한 집을,
번잡한 도시의 공장들과 학교들과
한탄들에서 조금 떨어진
초록의 소박한 땅을 꿈꾸는 마음 내게 있었지.
그러면 오직 개울들과 새들만을 벗하며
내 삶으로 멋진 시구들을 지어낼
시간을, 여유 시간을 갖게 되리라 생각했지.
그러다 문득 떠오른 생각, 죽음도 그런 거라는,
모든 것에서 조금 떨어지는 거라는.

나무들을 꿈꾸는 마음 아직도 내게 있지.
하지만 그 꿈은 접어두지. 중용에 대한 향수로
세상 예술가들 절반이 움츠러들거나 사라지지.
해결책을 찾은 사람이 있다면, 말해보기를.
나는 한탄에 마음을 기울이지,
우리의 진정한 참여를 간청하는 시대에,
모든 위기의 칼날들이 길을 인도하는 곳에서.

나는 그렇지 않기를 바라지만, 그게 현실이지.
그 누가 온화한 날씨로 음악을 만들었겠는가?

살인자의 집

동네 꼬마들 몰려와,
꽃들이 날마다 땅에 꽃잎 뿌리며
바람 속에서 겨울을 탐색하는 정원 너머로 구경하지만,
그 아이들 쫓아내는 사람 없지.
이곳은 쑥덕거림의 대상이 된 악명의 집.

나는 밤에 차를 몰고 지나가다가, 가끔
안쪽 깊숙한 방들에서 희미한 불빛을 보았지,
폭력이 지나간 후 그 광경에 눈물 흘릴 이
얼마나 적게 남을까 생각했지.

이 세상에서, 고통에 시달린 사람들만이
슬퍼하는 법을 배우는 것, 그게 우리의 문제지.
파괴의 계절들이 하나씩 찾아오면,
우리는 안전한 차를 타고 고속도로를 달리다 잠시 멈추지,
그리고 하나씩 차를 몰고 떠나지,
우리 모두에게 닥칠 수 있었던 불행으로부터의
거리감을 즐기며.

시골에서 자라

나 시골에서 자라, 어둠이 편안하지,
도시의 삶 너머 들판에서
무럭무럭 자라는 모든 것들처럼,
나무의 오감과 물의 육감을 지녔지.

치누크 바람과 눈,
우물 속 아침 서리, 마구간에서 태어나는 새 생명,
이런 것들이 세상에 모습을 보이기 전에
나는 미리 알지.

달콤한 세상이여,
아무런 징후나 소리 없이 시작되는
사랑이나 시들로 나를 당황시킬 생각은 말기를,
강가엔 아직 얼음이 남아 있고
봄은 멀리 있는데, 나 어둠 속에서 깨어
봄을 부르는 땅속 폭발음들에
가슴 두근거리며 귀 기울이지.

수영 가르치기

얼음같이 차가운 발길질, 끊임없는 파도에
생명의 위협을 느끼며, 나는 팔을 휘젓고
기침을 해대다가, 마침내 육지를 발견했지.

아마도, 누군가,
중세의 격언을 기억하며,
나를 물에 던진 모양이야,
수영하는 법을 배우라고.

그 사람은 알지 못했던 거지,
그 길고 외로운 하강과 광적인 상승에서
돌아온 이들은,
수영은 하나도 못 배우고,
그저 꿈과 연민, 사랑과 품위를
하나씩 포기하고
어디에서든 살아남는 법만을 배운다는 걸.

새로운 땅에서의 아침

아직 밤이 방울져 떨어지는 나무들에서 이름 모를 새들
깨어나, 화살 같은 날개 펼치고, 천천히,
노래했지, 꿈에서 날아든 되새들처럼.
분홍빛 해가, 유리처럼, 들판으로 떨어졌지.
밤색 말 두 마리, 회색 얼룩말 한 마리,
빛에 젖은 어깨, 바람에 나부끼는 털,
언덕을 올라갔지. 마지막 안개 흩어지고,

시간의 덧없는 흐름 너머, 나무들 아래,
나 아담처럼 서 있었지, 그 첫 아침에
그의 쓸쓸한 동산에서, 흔들어 깨워져,
눈 비비며, 믿을 수 없는 거대한 선물의
포장지 같은 나뭇잎들을 헤치며 귀 기울이던.

에어 강의 백조들

자갈 깔린 다리 아래로 흰 백조들,
위태로운 긍지 안고 천천히 떠가네. 오래전 언젠가,
어린 나 어른들에게 이끌려 일요일의 호수에 가서,
고인 물의 기슭에서 첨벙대는 저 큰 새들 만났지.
우린 그들에게 종이봉투에 든 빵을 줬지. 그들이 와서,
우리가 내민 딱딱해진 빵 조각 받아먹으려고
고개를 숙였지. 이것 봐! 어른들이 말했지만,
아이는 울면서 배신의 빵을 던져버렸지.
꿈속 백조들은 그런 온순한 눈을,
아이의 손에 닿는 겸허한 부리를 갖고 있지 않았으니까.

에어 강에서 나는 자갈 깔린 다리 위를 서성이며
그 새들을 지켜보지. 난 그들에게 간섭하지 않을 거야,
도시의 삶에 맞추어진 병든 영혼들,
우리가 길들여 거위처럼 슬프게 만들어놓은 저들.
모든 백조들은 잔잔한 마음의 물에서 떠다니는
옛 새들의 유물일 뿐이지,
과거에 지상의 물들을 여행하며

꿈들에 영향을 미치고 아이의 성장을 도운,

그리고 오랜 세월, 어리석은 인간이

자신들을 길들이려고 돌에 선물들을 늘어놓는 걸 보고,

야생의 삶에 재앙이 닥칠 것을 예감하며

공격을 위해 머리를 뒤로 젖히고 날개를 칼처럼 펴고

흰 함대처럼 물가를 향해 돌진하던 새들.

돌아가다

난 그 일에 온 마음을 쏟았어.

난 당신을 생각하지 않았어,

그 일을 끝낼 때까지.

나는 칼을 치웠고,

그러자 그 차갑고

완벽한 분노 더 이상

나의 가느다란 뼈들을 타고 흐르지 않았어,

그러자 그 검고

물이 뚝뚝 떨어지는 복도들 더 이상

그 형상 품지 않았어,

내가 죽이게 된 형상.

그러자, 처음으로,

동굴 안이 보였어,

뒤엉긴 검은 거미줄들,

빨아들이는 초록의 웅덩이들,

무너져가는 악취 나는 벽들,

그리고 미로.

그다음에 난 생각했어,

먼 땅을,

봄의 태양을,

그리고 느린 바람을,

그리고 어린 소녀를.

그다음에 난 보았어,

흰 실을.

미노타우로스*를 사냥하는 나는

보통 사람이 아니었고

사랑이 필요하지 않았어.

나는 그 반짝이는 실을

뒤에 끌고 갔어, 서약을 위해,

그리고 당신을 생각하지 않았어.

실은 거기에, 하나의 징표처럼,

황소의 거대한 발굽 위에 똬리를 틀고

세상으로 돌아갔어.

나는 지쳐서 반쯤 눈이 먼 채

실을 만지며 울었어.

오, 그 실은 공기처럼 약했어.

그다음에 난

그 흰 실타래를 들고
차가운 바위들 사이를,
검은 바위들 사이를,
긴 거미줄들 사이를 지났고,
안개가 끼고,
거미줄이 달라붙고,
바위가 굴러떨어지고,
땅이 흔들렸어.

실은 끊어지지 않았어.

＊ 그리스신화에서 크레타섬의 미궁에 사는 머리는 황소, 몸은 사람의 형상을 한 괴물. 아테네의 영웅 테세우스가 연인 아리아드네 공주가 준 실타래를 미궁 입구에 묶고 실을 풀면서 안으로 들어가 미노타우로스를 물리치고 무사히 미궁을 빠져나온다.

겨울의 끝자락에서

겨울의 끝자락에서, 작은 새들
이제 반쯤 버려진 기억들 지니고
후하기로 소문난 정원들로 떼 지어 돌아가네.
초록의 세계는 무너지고, 뒤엉킨 정맥 같은 덩굴들
조용한 숲 입구에 매달려 있네.

나는 빵 반 덩어리 가진 빵 부스러기의 왕자.
눈이 내리면, 정원에 모여든 새들은 아이들처럼 노래하며
빵 부스러기 왕자 밖으로 불러내겠지!
하지만 내가 사랑하는 건, 얼어붙은 덩굴들 위로
고독하게 날아다니는 고집스런 잿빛 매,
그리고 내가 꿈꾸는 건 갈대 같은 다리로 서서
바람을 마시는 인고의 사슴―

세상을 구원하는 건 그들이지. 이 누추함 너머
원점에 이를 때까지 야위기로 결심한 그들.

출처

1장
메리 올리버가 1991~1992년에 쓴 시들

2장
시집 『빛의 집House of Light』(1990)에 수록

3장
시집 『꿈 작업Dream Work』(1986)에 수록

4장
시집 『미국의 원시American Primitive』(1983)에 수록

5장
시집 『열두 달Twelve Moons』(1979)에 수록

6장
시집 『밤의 여행자The Night Traveler』(1978), 『숲에서 잠이 들어Sleep-ing in the Forest』(1978)에 수록된 시들과 미출간 시 다섯 편

7장
시집 『리버 스틱스, 오하이오The River Styx, Ohio and Other Poems』(1972)에 수록

8장
시집 『여행하지 않고No Voyage and Other Poems』(1963)에 수록된 시들과 1965년에 쓴 시들

평생 경이와 결혼한 신부

시인 메리 올리버의 목소리는 늘 경이감으로 가득하다. 날마다 똑같은 풍경 속을 걸으며 숲과 들판, 바다를 접하면서도 끊임없이 경탄의 대상을 발견한다. 메리 올리버가 살았던 매사추세츠주 프로빈스타운은 지상의 낙원 같은 곳이다. 『완벽한 날들』에 수록된 산문 「내가 사는 곳」을 보면, 그곳 케이프코드 항구에서는 생면부지의 사람들이 해변을 거닐다가 돌아서서 멋쩍어하지도 않고 이렇게 말한다. "정말 아름답지 않아요?" 눈길 닿는 곳마다 절경인 프로빈스타운이 메리 올리버의 보금자리가 된 건 첫 시집 『여행하지 않고No Voyage and Other Poems』가 발표된 이듬해인 1964년, 그의 나이 스물아홉 살 때였다. 고향 오하이오에 살던 어린 시절부터 휘트먼 시집을 챙겨 들고 숲으로 들어가 자연과 문학에서 기쁨과 위안을 얻었던 메리 올리버에게 프로빈스타운은 희열의 땅이었으며, 그곳에서 그는 오십여 년을 살았다. 초월적 존재와의 영적 합일을 추구한 페르시아 신비주의 시인 루미, 직관과 상상력으로 자연에 깃든 절대적 진리를 전하는 것을 시인의 본분으로 삼았던 블레이크와 셸리, 키츠로 대표되는 낭만주의 시인들, 신과 인간과 자연을 우주 영혼의 공유자로 보았던 초월주의자 에머슨과 휘트먼에게서 지대한 영향을 받은 메리 올리버는 자연에 삶의 진리와 구원이 있다고 믿었다. 무수한 생명들을 품고 눈부시게 빛나는 푸른 바다, 검은 연못들, 무성한 초록 숲들, 잡초 우거진 모래언덕들과 들판이 늘 변함없는 목소리로 우주의 절대적 진리를 암시한다고 여겼다. 그래서 새벽이 밝아오면 어김없이 작은 노트를 들고 자연의 품으로 들어가 주목하고 귀 기울였으며 그에게 그 생명들은 완벽한 아름다움으로 다가왔다. "완벽한 낮꽃(「골든로드」)", "눈은 완벽한 송이송이(「쓸쓸한, 흰 들판」)", "해마다 수련들이 너무도 완벽하여(「연못」)", "완벽한 삶을 마치고(「버섯」)", "인동덩굴과 장미와 클로버 우거진 완벽한 초원(「행복」)", "완벽한 나무들의 가지 사이로(「숲에서 잠이 들어」)".

메리 올리버의 시들에서 자연이 그토록 완벽하게 아름다운 건 생명의 유한성 때문이다. 모든 생명은 "성장과 쇠퇴, 부활의 거대한 수레바퀴(「스탠리 쿠니츠」)"라는 자연의 법칙 안에 존재하며, 짧은 생을 마감하고 부활을 맞이하기 전 영원에 가까운 기다림에 들어가게 된다. 「능소화에 잠시 멈춘 벌새」에 그 "탄생 전이나 죽음 후의 시간"은 "땅속의/ 느린 불// 말도 못하고 눈도 먼 우리의 거친 사촌들/ 땅속의 그들은/ 이제 자신의 행복조차/ 기억할 수 없지—"로 묘사된다. 그리하여 죽음의 그림자가 생명을 더욱 소중하고 아름답게 만든다. "어둠의 옷을 걸치지 않은 완전한 빛은/ 표정을 갖지 못할 테니까—/ 사랑 그 자체도, 고통이 없다면/ 대수로울 것 없는 안락함에 불과하니까(「아침 공기에 스민 독기」)".

생명의 유한성은 세상에 대한 무한한 사랑과 환희의 원천이 되기도 하는데, 탄생과 죽음과 거듭남의 거대한 수레바퀴 안에서 세상의 모든 존재들이 하나로 연결되기 때문이다. 생명체들은 먹고 먹힘이라는 가장 근본적인 생명 행위를 통해 서로의 몸으로 들어간다. 죽음을 통해 작은 물고기는 큰 물고기가 되고, 새가 되고, 인간이 된다. 「물고기」에서 메리 올리버는 "나는 물고기 몸을 갈라/ 살에서 가시를 발라내고/ 먹었지. 그래서 바다가/ 내 안에 들어 있지. 나는 물고기,/ 물고기는 내 안에서 빛나네, 우린/ 서로 뒤엉켜 다시 바다로/ 돌아가겠지."라고 노래한다. 「거북」에서는 "거북은 알지,/ 자신이 연못의 일부임을,/ 키 큰 나무들은 자신의 아이들이고,/ 위에서 헤엄치는 새들은/ 끊어지지 않는 끈으로 자신에게 묶여 있음을."이라고 상상한다. 그리하여 세상 만물은 자연의 품에서 하나의 가족이 되고, 지금은 영원, 여기는 모든 곳으로 확장된다. '나'는 '모두'가 됨으로써 '모든 곳에서의 모든 삶', '영원'을 누리게 되며, 매 순간 세상은 경이롭고 완벽하다.

두 편의 시 「분노」와 「방문객」이 암시하듯 메리 올리버는 어릴 적 아버지에게 악몽 같은 일을 겪었고, 그로 인해 "구석에 웅크린 소심한 아이", "잎이 나지 않는 나무"가 되었다. 세상에서 사라지고 싶을 정도로 고통스러웠다. 그는 어둠의 집에서 벗어나 숲속을 돌아다니며 행복을 찾았고 그것이 삶의 습관이 되었다. 시 「나방」에 의미심장한 독백이 들어 있다. "늘 바빠 돌아다니며, 이것/ 저것 보았지.// 걸음을 멈추면/ 고통을/ 견딜 수가 없어서." 메리 올리버는 자연의 아름다움과 시에서 구원을 얻었고, 「죽음이 찾아오면」에서 소망하였듯이 "경이와 결혼한 신부", "세상을 품에 안은 신랑"으로 평생을 살았다. 그는 마리아 슈라이버와의 인터뷰에서 이렇게 말한다. "우리 모두 허기진 마음을 안고 살며, 행복을 갈구한다. 나는 내가 행복한 곳에 머물렀다." 여러분에게도 이 책에 담긴 메리 올리버의 시들이 행복한 곳이었으면 좋겠다.

2021년, 다시 깊어진 가을에
민승남

작가 연보

1935년 9월   미국 오하이오 메이플하이츠 출생

1955년   오하이오주립대학교 입학

1957년   뉴욕 바서대학교 입학

1962년   런던 모바일극장 입사(어린이들을 위한 유니콘극장
         에서 연극 집필)

1963년   첫 시집 『여행하지 않고No Voyage and Other Po-
         ems』(Dent Press) 출간

1970년   셸리 기념상 수상

1972년   시집 『리버 스틱스, 오하이오The River Styx, Ohio,
         and Other Poems』(Harcourt Brace) 출간

         미국국립예술기금위원회 펠로십 선정

1973년   앨리스 페이 디 카스타놀라상 수상

1978년   시집 『밤의 여행자The Night Traveler』(Bits Press)
         출간

1979년   시집 『열두 달Twelve Moons』(Little, Brown) 출간

1980년   구겐하임재단 펠로십 선정

1980년, 1982년   클리블랜드 케이스웨스턴리저브대학교 매더 하
         우스 방문 교수

1983년	시집『미국의 원시American Primitive』(Little, Brown)
	출간
	미국문예아카데미 예술·문학상 수상
1984년	시집『미국의 원시』로 퓰리처상 수상
1986년	시집『꿈 작업Dream Work』(Atlantic Monthly Press)
	출간
	루이스버그 버크넬대학교 상주 시인
1990년	시집『빛의 집House of Light』(Beacon Press) 출간
1991년	시집『빛의 집』으로 크리스토퍼상과 L. L. 윈십/
	펜 뉴잉글랜드상 수상
1991~1995년	스위트브라이어대학교 마거릿 배니스터 상주
	작가
1992년	시선집『기러기New and Selected Poems I』(Beacon
	Press) 출간
	시선집『기러기』로 전미도서상 수상
1994년	시집『White Pine』(Harcourt Brace) 출간
	산문집『A Poetry Handbook』(Harcourt Brace)
	출간
1995년	산문집『긴 호흡Blue Pastures』(Harcourt Brace)
	출간
1996~2001년	베닝턴대학교 캐서린 오스굿 포스터 기념 교수
1997년	시집『서쪽 바람West Wind』(Houghton Mifflin) 출간

1998년	산문집 『Rules for the Dance』(Houghton Mifflin) 출간
	래년 문학상 수상
1999년	산문집 『휘파람 부는 사람Winter Hours』(Houghton Mifflin) 출간
	뉴잉글랜드 서적상인협회상 수상
2000년	시집 『The Leaf and the Cloud』(Da Capo) 출간
2002년	시집 『What Do We Know』(Da Capo) 출간
2003년	시집 『Owls and Other Fantasies』(Beacon Press) 출간
2004년	산문집 『완벽한 날들Long Life』(Da Capo) 출간
	시집 『Why I Wake Early』(Beacon Press) 출간
	산문집 『Blue Iris』(Beacon Press) 출간
	시선집 『Wild Geese』(Bloodaxe) 출간
2005년	오랜 동반자였던 몰리 멀론 쿡 타계
	시선집 『New and Selected Poems II』(Beacon Press) 출간
2006년	시집 『Thirst』(Beacon Press) 출간
2007년	산문집 『Our World』(Beacon Press) 출간
2008년	산문집 『The Truro Bear and Other Adventures』(Beacon Press) 출간
	시집 『Red Bird』(Beacon Press) 출간

2009년	시집 『세상을 받아들이는 방식Evidence』(Beacon Press) 출간
2010년	시집 『Swan』(Beacon Press) 출간
2012년	시집 『천 개의 아침A Thousand Mornings』(Penguin Press) 출간
	굿리즈 선정 베스트 시 부문 수상
2013년	시집 『개를 위한 노래Dog Songs』(Penguin Press) 출간
2014년	시집 『Blue Horses』(Penguin Press) 출간
2015년	시집 『Felicity』(Penguin Press) 출간
2016년	산문집 『Upstream』(Penguin) 출간
2017년	시선집 『Devotions』(Penguin Press) 출간
2019년 1월	플로리다 자택에서 림프종으로 타계

메리 올리버를 향한 찬사

메리 올리버, 우리에게, 너무도 많은 사람에게 삶의 신조로 삼을 말들을 남겨준 당신에게 감사합니다.

"말해봐, 당신은 이 하나의 소중한 야생의 삶을 어떻게 살 작정이지?"

힐러리 클린턴

"삶이 끝날 때, 나는 말하고 싶어. 평생 나는 경이와 결혼한 신부였노라고." 메리 올리버, 당신의 말들에서 나는 위안과 앎을 얻고 마음을 열 수 있었습니다. 당신의 삶은 이 세상에 하나의 축복이었습니다.

오프라 윈프리

"너의 몸이라는 여린 동물이 사랑하는 걸 사랑하게 하면 돼." 감사합니다, 메리 올리버.

록산 게이

메리 올리버, 감사합니다. 당신은 시를 통해 제 할머니에게 빛과 기쁨을 선사했고 할머니께선 당신의 작품이라는 선물을 저와 함께 나누셨습니다. 우리는 할머니의 추도식에 서 시 「가장 큰 선물은 무엇인가?What is the greatest gift?」를 낭송했습니다. 당신의 사랑하는 존재들을 제 마음과 기도 에 품겠습니다.

첼시 클린턴

내가 가장 사랑하는 시인 중 하나인 메리 올리버의 죽음 에 잔을 들고 눈물을 흘린다. 그녀의 말들은 자연과 정신계 를 이어주는 다리였다. 메리에게 신의 은총을!

마돈나

우리가 말로 표현하기 가장 어려운 부분들을 시에 담아 주고 우리의 영혼이 우리가 될 수 있는 것에 대한 희망을 안 고 노래하도록 만들어준 메리 올리버, 고이 잠드시기를.

귀네스 팰트로

메리 올리버의 시는 지각과 느낌의 비옥한 땅에서 자라 는 자연물로, 본능적인 언어의 기교 덕분에 우리에게 쉽게 다가온다. 그녀의 시를 읽는 건 감각적 기쁨이다.

메이 스웬슨

메리 올리버의 시는 훌륭하고 심오하다. 축복처럼 읽힌다. 자연계에 존재하는 우리의 근원과 그 아름다움, 공포, 신비, 위안과 우리를 연결해주는 것이 올리버의 특별한 재능이다.

스탠리 쿠니츠

나는 올리버가 타협을 모르는 맹렬한 서정시인이라고, 늪지의 충신이라고 생각한다. 여기 우리가 간절히 원하는 목소리가 있다.

맥신 쿠민

그녀의 간결한 시들은 구어적이고 장난스럽지만, 그 곧은 뿌리는 종교, 철학, 문학의 대수층까지 깊이 뻗어 있다. 올리버는 재미있다. 그녀는 문화적 따분함, 탐욕, 폭력, 환경 파괴에 저항하는 이단아이며, 자연을 정독하는 모습은 매혹적이다.

〈북 리스트〉

그녀의 시들은 단순하고 솔직하며 수정같이 맑고 투명하다. 자연을 향한 깊은 사랑이 투영되어 있고 정신계와 물질계를 절묘하게 이어준다. 그녀는 삶 자체에 대한 자연스러

운, 심지어 순진무구하다고까지 할 수 있는 열정을 품고 시
를 쓴다.

〈가디언〉

헌신의 능력과 결합된 엄격한 정신, 정확하고 경제적이며
빛나는 문구를 찾으려는 갈망, 목격하고 나누고자 하는
소망.

〈시카고 트리뷴〉

올리버의 작품이 보여주는 놀라운 점 가운데 하나는 그
가 그 긴 세월 동안 한결같은 목소리를 내고 있다는 것이다.
갈수록 더 자연에 초점을 맞추고 언어의 정교함이 깊어진
결과, 올리버는 이 시대 최고의 시인으로 우뚝 섰다. 올리버
의 시에선 불평이나 우는 소리를 찾아볼 수 없다. 그렇다고
삶이 쉬운 것인 양 말하지도 않는다. 올리버의 시들은 기분
전환이 되어주기보다는 우리를 지탱해준다.

〈뉴욕 타임스 북 리뷰〉

1984년에 퓰리처상 시 부문을 수상한 메리 올리버는 자
연 세계에 대한 기쁨이 가득하고, 이해하기 쉽고, 친밀한 관
찰로 나의 선택을 받았다. 그녀의 시 「기러기」는 너무도 유

명해져서 이제 전국의 기숙사 방들을 장식하고 있다. 메리 올리버는 우리에게 '주목한다'는 심오한 행위를, 세상 모든 것들의 가치를 알아보게끔 살아 있는 경이를 가르쳐준다.

〈보스턴 글로브〉

올리버의 시에는 완전한 설득력이 있다. 봄을 알리는 첫 산들바람의 어루만짐처럼 진실하고 감동적이며 신기하다.

〈뉴욕 타임스 북 리뷰〉

초월주의자로 명성을 떨쳤던 헨리 데이비드 소로처럼 메리 올리버도 헌신과 실험 둘 다에 접한, 이른바 '자연이라는 교과서'에 주목한 자연주의자다. 그녀의 시들은 집처럼 편안한 언어로 유한한 삶의 신비에 대해 이야기한다. 유념하는 것은 올리버의 전문 분야, 보고 듣는 건 그녀의 과학적 방법이자 명상 수련인 듯하다.

〈서치〉

올리버의 삶 속의 가볍고 경쾌한 희열이, 문장들과 산문시들 사이에서 안개처럼 소용돌이친다.

〈로스앤젤레스 타임스〉

메리 올리버는 워즈워스 그룹의 '자연' 시인이며 그 시의 목소리에선 흥분이 귀에 들릴 듯 생생하지만, 그녀의 자연-신비주의는 오히려 고요의 경지에 도달한 듯하다. 그것은 그녀의 이미지들 대부분에 영향을 미치는데, 하나의 특성이라기보단 존재 자체로 의미를 갖는다.

〈베이 에어리어 리포터〉

메리 올리버는 가장 훌륭한 영미 시인들 가운데 하나다. 애벌레의 변태에 대해 묘사하든 새소리와의 신비한 교감에 대해 이야기하든 그녀는 거의 항상 놀랍도록 인상적이고 공명을 불러일으키는 이미지들을 만들어낸다. 올리버는 뛰어난 감성으로 관찰하고 그 누구도 따를 수 없는 경이로운 솜씨로 그 인상들을 표현한다. (…) 그녀의 시는 엄격하고, 아름답고, 잘 쓰였으며, 자연계에 대한 진정한 통찰을 제공한다.

〈위클리 스탠더드〉

올리버의 시에 드러난 특별한 능력은 그녀가 세상에서 발견한 아름다움을 전하고 이를 영원히 잊지 못할 것으로 만든다는 것이다.

〈마이애미 헤럴드〉